JN055694

Toryuunotsuki
登龍乃月
Illustration
我美蘭

主な登場人物
Main Characters
リッチモンド
二百年前に死亡し
アンデッド化した青年。
クライシスの魔法で
人間の姿を取り戻す。
シャルル
ランチア守護王国の王女。
刺客の襲撃に遭うも、
フィガロに命を救われる。
フィガロ
本編の主人公。
魔法が使えず勘当されたものの、
クライシスのもとで
秘められた力に目覚める。
クーガ
フィガロの力で
変異した魔獣。
高い知能と戦闘力を
併せ持つ。

バルティー
冒険者パーティ
「ブレイブ」のリーダー。
フィガロ達と一緒に
迷宮を探索する。
トム
白金等級の高レベル冒険者。
取り巻きを引き連れ、
常に威張り散らす。
ウンヴェッター
数百年を生きる、
嵐を司る上位精霊。
ボーイング山を
棲み処とする。

自由冒険組合ランチア支部の統括支部長、オルカの執務室から出た俺——フィガロは、九等級のタグをもらうべく、階下のホールへと向かった。

ギルドのホールは相変わらず冒険者達で騒がしく、絶えることなく冒険者が出入りしている。

ペットのクーガを連れて一階に降りると、視線がこちらに集中した。

ホールにいた多くの冒険者は、クーガを見るなり言葉をなくし、静寂が生まれる。

しかしそれも一瞬のことで、彼らは仲間内でヒソヒソ話し始めたり、元の会話に戻ったりと、すぐに喧騒(けんそう)が戻ってきた。

「何を言われているのやら」

『マスターに対して、感じの悪い奴らですね』

「別に構わないよ。でも多分、悪口じゃなくって、クーガにびっくりしてるんだと思うぞ」

そう、皆の視線の向く先は、俺ではなくクーガだ。

外ならまだしも、屋内では、クーガは異様に大きく見える。

人の頭くらい簡単にねじ切りそうな巨大な獣型モンスターが、鎧(よろい)のような装具をつけて、二階からひょっこり現れたのだから、そりゃ驚くだろう。

けどギャーギャー騒ぎ立てないところは、やはり冒険者だなと思った。

「おいお前」

受付へ向かおうとしたら、背後から肩を掴まれ呼び止められた。

振り向くと、あまり質がいいとは言えないプレートメイルに身を包んだ青年がいて、なぜか俺を睨んでいる。

「はい？　なんでしょうか？」

「お前、新参だな。ちょっと顔貸せよ」

青年はホールの奥にある歓談席へと、顎をしゃくった。

「お断りします」

当然の反応だろう。名乗りもせず、突然上から目線でイキがられても困る。

俺は今、九等級のタグが欲しいのだ。よく分からない人について行く理由はない。

「はぁ!?　テメェ、調子乗ってんじゃねぇぞこら！」

「いきなり怒鳴るとか大丈夫ですか？　情緒不安定すぎますよ、栄養が足りてないんじゃないですか？」

「てんめぇ……！　いいから来い！」

青年は頬を引きつらせ、俺の腕を掴み、グイグイと奥の歓談席の方へ引っ張っていく。

「あちょっと！　もう！　強引な男は嫌われますよ？」

抵抗すれば簡単に振りほどけたが、乱闘騒ぎになりそうなので自重した。

煽るつもりはなかったのだが、結果的にそうなってしまったのは俺の不徳である。

周囲の冒険者は、俺と青年を横目で見ているが、誰一人仲裁しようとする者はいなかった。

むしろ避けるような態度と、冷ややかな視線があるだけだ。

俺はただ、黙って言う事を聞くつもりはないぞ、と示したかっただけなのだ。そんな目で見ないで欲しい。

歓談席に着くと、三人の男と二人の女がソファに座っており、周りには十人ほどの男女が集まっていた。

「ようニィちゃん。俺が誰だか知ってっか？」

ソファの真ん中でふんぞり返っている男が、咥えた葉巻を手で摘みながら言った。

「いえ、私は冒険者となったばかりの身。申し訳ありませんが、あなたの事は存じ上げません」

「そうかそうか！　やっぱ新参か！　ニィちゃん名前は？」

「フィガロと申します」

「ほう」

男は葉巻の煙をプカプカと燻らせ、俺の事を舐め回すように見た。

着用している鎧は見事な意匠が彫り込まれ、よく磨き上げられていて傷一つ無い。

ソファの背後には大きなバルディッシュが立てかけられている。

有効レンジは中距離。これが男の武器なのだろう。

バルディッシュの他に予備武器があるのなら、近距離と中距離を切り替えながら戦うスイッチ方式を取り入れている可能性もある。

「はい。よろしければ私は所用がありますので、失礼させていただきたいのですが」

「そうか。俺の名を聞こうともしないとはな」

「名乗らない方にわざわざお伺いする必要もないかと、愚考した次第なのですが」

ここで男の雰囲気が変わった。

殺気のようなものが微かに漏れて、取り巻き冒険者の顔が恐怖に彩られた気がした。

俺にはそよ風にしか感じられないレベルなのだが、周囲の反応を見るに、彼らにとっては大事らしい。

男は足を組み、顎を突き上げて、俺を見下すように睨めつけた。

ひょっとしてアレか？

俺を威嚇しているのだろうか？

何か怒らせるような事をしただろうか？

身に覚えが無いが、これが威嚇だとすればとんだお遊びだ。

裏組織アジダハーカの頭領、ハインケルの殺気の方が数倍は強い。

見た感じ強そうでも無いし、ここはスルーして、さっさとタグをもらいに行こう。

「御用がないのであれば、これで失礼させていただきます。あ、そうそう、葉巻の灰が落ちそうだったので、灰皿に移動させておきましたからね」

「は？」

男の咥えていた葉巻は、実際にテーブル上の灰皿に置かれている。

なんの事はない。ただ一瞬だけ、マナアクセラレーションの力を速さに特化し、男の葉巻を掠(かす)めとっただけの話だ。

男は慌てたように自分の口周りを撫で、葉巻と俺を交互に見ている。

これぐらいのスピードに付いて来られないのだから、男の実力はたかが知れている。

まぁ油断していただけなのかもしれないけど。

「テメェちょっと待てや！」

踵(きびす)を返し、受付へ向かおうとした矢先、再び呼び止められた。

「何ですか？　私は忙しいのですが」

激昂(げきこう)した男の怒声に、取り巻き達は顔を青ざめさせ、哀れみの視線を俺に向けていた。

よく見れば、取り巻きのタグは皆、四等級から下ばかりだ。

なるほど、この男はきっと一等級か二等級あたりの実力者なのだろう。

実力者が下位の冒険者を率いる、派閥のようなものに違いない。

そして、ようやく男の目的が分かった。

新参者の俺を、自分の派閥に取り込みたいのだろう。

巨大な獣型モンスターであるクーガを従えた俺を取り込めば派閥の力も増す、といった所か。

当のクーガは少し離れた所で待っており、目から炎でも出すのではないかと思う程、苛烈(かれつ)な目付きをしている。

青年に引っ張られた際、ジェスチャーで待機を命じていたのだが、クーガの耳はとても良い。

あの表情を見る限り、会話は筒抜けになっていた。

「テメェ、少し調子に乗ってんなぁ!?　どうやったかは知らねぇが、舐めた真似してくれるじゃねぇか！」

「申し訳ありませんが、話の意図が見えません。この問答は必要なのですか？」

「俺の名を聞いて驚け、そして謝罪しろ！　俺はスカーレットファングの親衛隊、ハンニバル隊長、白金等級(プラチナム)のトムだ！」

「……スカーレットファング、の親衛隊？　ハンニバル？」

さっそくスカーレットファングのお出ましかと思ったら、親衛隊か。

冒険者のくせに親衛隊とはこれいかに。

等級は白金らしいが、実力はそうでもなさそうだ。

「そうだ！　恐れ多くも白金等級(プラチナム)の俺様が、テメェをスカウトしてやろうってんだ。感謝しやがれ！」

「お断りします」

「なん……だとぅ……!!」

確かに俺の首に下がっているタグは十等級だが、ここまで上から目線で言われる筋合いは無い。

トムの額には青筋が浮き上がり、怒っているのは間違いない。

けれど俺にとってそんな事は関係無いし、派閥に与するつもりも無い。

「スカウトだか、スカートだか、スカーレットだか知りませんけどね、徒党を組み、下の人間を囲んで脅すような真似をするあなた達と、ご一緒するつもりは欠片もありません。ご容赦ください」

正論をぶつけた所でトムは理解しないだろうし、トラブルに発展するのは目に見えているが、俺だって黙って去るつもりは無い。

こちらの意見を述べた上で、意見の相違があればきちんと話し合うのが道理だ。

トムのように道理が通用しない人間もいるが、ここは組合のホール内だ。

ホール内の人間は俺とトムのやり取りを全て見ている。

俺が毅然とした態度で臨めば、仮にトラブったとしても正当性が認められるはずだ。

……そう信じたい。

「待てや！」

再び踵を返し立ち去ろうとしたが、それはトムが許さなかった。

勢いよく立ち上がったトムは、ズカズカと音を立てて俺の元へ近付き、掴み掛かってきた。

その途端、ガシャアアン！　と盛大な音がホール内に響いた。

目の前にはひっくり返ったテーブルと、床に転がるトムの姿があった。

「だ、大丈夫ですかトムさん！」

先程、俺を強引に連れてきた青年が慌ててトムに掛け寄った。

トムはと言えば、何が起きたのか分からない、というような顔で床を見つめている。

「テメェ、何しやがった……！」

「私は何もしてませんよ？　あなたが勝手に転んだんじゃないですか。言い掛かりはやめてください」

「んな訳あるか！　俺は確かに、テメェの胸倉を掴んだはずだ！」

「身に覚えがありませんが……そろそろ本当に失礼させていただきます。それでは」

床に転がったまま苦渋の顔をしているトムを放置し、大人しく待っていたクーガの元へ。

これで前を塞がれたらどうしようとか思っていたが、さすがにここまでやって引き留めるバカはいなかった。

『さすがマスター』

「ん？」

クーガが尻尾(しっぽ)を控えめに振りながら、称賛の言葉をかけてくれた。

『手首を捻(ひね)ってからの足払い。滑らかで無駄の無い所作はまるで渓谷(けいこく)を走る流水のようで、このクーガ、惚(ほ)れ惚(ぼ)れいたしました』

「ん、ありがとう」

残念ながらトム以下、あそこに居た連中は、俺が何をしたのか全く分かっていなかったが、クーガには見えていた。

クーガの言う通り、俺は掴みかかってきたトムの手首を掴み、足払いをして床に転がしたのだ。

マナアクセラレーションで速度特化にしていた分、トムは受身も取れずあっさり床に転がった。

大して広くない歓談席、テーブルとソファの間隔は約五十センチほどだ。

そんな狭い場所にもかかわらず、勢いに任せて掴みかかったのだ。重心が乗った軸足をちょっと払ってやれば、トムの自重と鎧の重みで転倒する。

ネタを明かせば簡単な事だ。

「あれが白金ね……にわかには信じられないよ」

『白金だろうがミスリルだろうがマスターにかなう奴などおりませんよ』

「なんか本当に聞こえるから怖いな……」

「テメェ覚えてやがれ！　名前も覚えたからな！」

背後からトムの怒声が聞こえてきたが、聞こえないふりをして受付へと向かった。

ちなみに、王女シャルルが使役(しえき)するシキガミであるシャルル狐は、クーガの頭上で微動だにしていなかった。

きっとシャルル本人が忙しく、シキガミの維持だけしているのだろう。それはそれで随分器用な事をするとは思うけれど。

◇　◇　◇

「騒々しいですね、また彼ですか」

クーガを入口付近で待機させ、受付へ行くと、受付嬢が侮蔑と嫌悪に彩られた顔でそう言った。

俺がドライゼン王からの手紙を渡した女性だ。

「また、という事は以前にも？」

「はい。彼は強そうな新人を囲って軍門に下れと迫るそうです。そして大体は衝突してトラブルになるんですよ。やんわり断ってもしつこく迫るので、いつも喧嘩に……」

「なるほど……お疲れ様です」

「ありがとうございます。なまじ強さがある分、大体の冒険者はトムにコテンパンにやられてしまうんですけど……やはりフィガロ様ですね！　毅然と立ち向かい、大事になる前に素早く収める、やはり王家の方は違います」

「ちょっ、声が大きいですって」

「あ、申し訳ございません……」

受付嬢は疲れたように息を吐き出し、睨みつけるように奥の歓談席へ視線を投げて続けた。

「でも本当に彼、トムの実力は白金等級（プラチナム）に裏打ちされた強さです。さっきも言いましたけど、喧嘩ともなれば新人冒険者は一瞬で叩きのめされて終わり。それで仕方無く、軍門に下る冒険者が後を絶ちません。彼のせいで組合の風紀が乱れているんです」

「そうなんですか……めんどくさい人ですね」

「それで、フィガロ様はどのように収めたのですか？」

受付嬢の顔から負の感情が消え、目をキラキラと輝かせて俺を見る。

事の顛末（てんまつ）を話すと、周りに聞こえないように小さく拍手をしてくれた。

「フィガロ様ならヒヒイロカネも夢じゃないです！　応援していますので頑張ってくださいね！」

「ありがとうございます」

「はい、これが九等級のタグです。でもきっと来週には八等級になるんですね！」

受付嬢に尻尾が付いていたら、クーガのようにパタパタとしきりに振っているのだろうな、と思わせるぐらいにはしゃいでいる。

見ているこっちが恥ずかしくなるほどだった。

「いえ、うまく行けば来週には六等級だそうです。なんでも迷宮に潜（もぐ）らされるらしくて」

「えええ⁉　凄（すご）いですよ！　三等級即進制度はここ数年間達成者がいない、過酷（かこく）なものなんです。普通は五等級くらいからその話が挙がるのですが、まさか九等級から挑戦する人がいるなんて、信じられません！」

ちょっと待った。

初耳だぞそれ。

「五等級から、ですか？」

「はい！　いくら上層といえど迷宮は迷宮です。そこに棲息（せいそく）するモンスターも、フィールドで遭遇する種とは、姿も形も強さもまるで違います。なので普通は、ある程度実戦経験を積んだ五等級から挑む事になっているのです。昔は十等級から挑めたのですが、死亡者が多発したために制限が設けられた、と聞いております」

「へぇーそうなんですねぇー」

「はい！　そうなんです！　本当にフィガロ様は凄いです！　私フィガロ様のファンになってしまいそうです！」

『は？』

俺が顔を半分引きつらせ、受付嬢が満面の笑みを浮かべた時、背後から唐突にシャルルの声が聞こえた。

声に軽い怒気が含まれている事に気付き、意図せずして背筋が粟立（あわだ）った。

シャルルが怒るのはかなり珍しい。

彼女が怒る理由に心当たりはないんだけどな。

「えっ？　今何かおっしゃいましたか？」

「いやあ声が裏返ってしまいました！　あは、あはは！　それじゃ私は失礼しますね！　貴重なお話ありがとうございました！」

「はい！　頑張ってください！」

受付嬢に礼をして、逃げるようにその場から立ち去った。

「戻ったんだねシャルル」

『そうね』

「怒ってるのか？」

『べっつにぃ？　ファンが出来て良かったわね』

受付から戻った俺は、クーガを連れてホールの隅の方へ移動していた。

腕の中にはシャルル狐がすっぽり収まっているのだが、どうにもシャルルの反応がツンツンしている。

「あ、もしかして嫉妬（しっと）ってやつ？」

『そのつもりよ、悪いかしら？』

「いや悪くはない、悪くはないんだけど……」

からかうつもりで言ったのに、シャルルは全肯定。

逆にこっちが恥ずかしくなってしまった。

「そんな事より！　九等級になったし早速依頼を受けようじゃないか！　明日の準備もあるし、お金はあった方がいい！」

『話を無理矢理逸らしたわね……まぁいいわ。フィガロの言い分も正しいし』

『マスター、嫉妬とはなんでしょうか？』

「うん、その話は今度な？」

首を傾げるクーガを他所に、俺はシャルル狐を抱えたまま、掲示板の前に移動した。

ざっと目を通した所、かなり高待遇の依頼を見つけた。

●クエスト内容●
ボーイング山の中腹に自生する薬草を一通り採集してきて欲しい。

目的の薬草はコリオリ草、ムーンティア草、デトキシ草の三種。

報酬は各種五百グラムで銀貨一枚とする。

制限は各種十キロまで、乱獲にならない限りで採集してきて欲しい。

報酬は組合から受け取れるようにしてあるので、現物を組合に納入すれば依頼完了となる。

尚、道中の消費アイテムについては依頼受領者の負担とする。


「これにしよう」

『フィガロ本気なの？』

「うん、かなり好条件だと思うんだけど……ダメかな？」

『駄目じゃないけど……ボーイング山の中腹っていったら、かなりかかるわよ？　市街地からボーイング山の麓まで馬車で約二時間、標高六千メートルのボーイング山は道中も荒れていて、気候の変動も激しい場所なの。環境が過酷すぎて、モンスターすら棲(す)み処(か)にしない所よ』

「なんだよ、そんな事か。大丈夫だよ、俺には【フライ】があるだろ？」

『あっ、なーるほど……それなら大丈夫そうね』

ボーイング山は、ランチア守護王国領の東側に連なる大山脈の中の一つだ。

知識的にはその程度であり、シャルルが教えてくれるまで、ボーイング山の環境がそんなに悪いとは全く知らなかった。

【フライ】でちょちょっと行ってくればいいと思っていたので、そこまでの知識も必要ないかな、と少し舐めていたのは事実なのだが。

『なら私はここで抜けるわね』

「分かった。今日はありがとう」

『はーい。それじゃあね。クーガもまたね。いい子にしてるのよ』

『うむ。シャルルもな』

会話を終えるとシャルル狐は光の粒子になり、元の木像へと戻っていった。

木像をポーチにしまい、依頼書を剥(は)がして再び受付へ。

受付嬢は俺達が話している間に交代してしまったらしく、先程とは違う受付嬢に書類と共に依頼書を渡した。

「はい。確かに。この籠(かご)を持っていってね、これは組合からの貸与品なので扱いは丁寧にね。では気を付けて行ってらっしゃい」

「ありがとうございます」

受付嬢から採集用の籠を受け取り、背負う。

腕に着けた時刻盤に目をやると、ちょうど十四時を回った所だった。

組合の外に出てクーガの装具を取り外し、それを俺の影の中に投げ入れる。

最近分かった事だけど、クーガが触れた物なら影の中に入れられるそうで、この能力は【シャドウハイド】というらしい。

新しく仲間になったリッチモンドに、そう教えてもらったそうだ。

装具を投げ込んだ後、クーガを影に入れた俺は路地裏に入り【フライ】を発動。

音もなく上空に到達すると、ボーイング山のある東に向けて一気に加速した。

ボーイング山は周囲の山々と違い、山頂部分が二つに分かれているのでとても分かりやすい。

特に急ぐ必要も無いので、のんびりと広い大空を満喫しながら飛行すると、山頂部に薄雲を被(かぶ)ったボーイング山が見えて来た。

着地地点に目星をつけ、直滑降で降りて行ったのだった。

採集というのは簡単に見えて、実際の所はかなりの肉体労働だと思う。

薬草などは根っこごと引っこ抜いてしまうと、次の草が生えてこない。

かと言って茎（くき）をバッサリ切り落とすのも良くない。

なので、茎と葉の途中から手折（たお）るように葉を摘（つ）み取っていかなければならないのだ。

地に膝をつき、葉の部分のみを丁寧に一枚一枚手折っていく。

言葉では簡単そうに聞こえるが、実際そんな事は無い。

「これは……ムーンティア草だな、よし、一気にやるぞ！」

カサカサ。

プチン。

カサカサ、カサカサ、
プチンプチン。

ムーンティア草が何の薬剤に使われるのか、その効能は何なのか、などは分からないが、摘み取る度（たび）にミントのような爽やかな香りがふわりと漂う。

カサップチン。

カサップチプチプチ。

何とも地味な作業だが、摘み取るうちにコツを掴み、徐々にスピードが上がってきた。

やっていると妙に楽しい気分になってくるから不思議だ。

摘み取る速度と正確性を上げるために、マナアクセラレーションを指先の速度と動体視力に特化させ、神経を集中させる。

「目標を中心に捉えて摘み、引き抜く、基本はこの繰り返しだ。いける、きっといける」

葉を摘む工程を強くイメージした結果――少しずつ少しずつ速度を上げる事に成功し、一秒間に数枚のペースで葉を摘み取る、というテクニックへ昇華する事が出来た。

籠の中には仕切りと秤（はかり）も入れられており、仕切りを組めば、他の種類と混ざること無く、一つの籠に全種類の薬草を入れる事が可能になっている。

「やっと五百グラムか……もう少し摘んでおこう」

秤の上に乗せた籠を背中に戻し、群生しているムーンティア草の茂みへ再び突入していく。

各種薬草は依頼書にイラストで記載されている。

そのおかげで間違える事もなく、順調にムーンティア草を摘み取っていく。

追加の五百グラムを摘み取り終えた俺は、手近な岩に腰を落ち着けた。

「残り二種類か。うん、この調子なら往復しないでも一キロずつは持って帰れそうだ」

薬草摘みは初めてだったが、この短時間で一キロを摘み取るとは案外センスがあるんじゃないか、と多少なりとも思ってしまう。

時刻盤に目をやればもうすぐ十五時半、組合の雑貨販売所の閉店は十九時だ。

明日の集合は昼だと言われているので、朝早めに家を出て組合の雑貨販売所に寄って足りない物の買い足しなどに充てたい。

なのでさっさと採集を終わらせて換金し、必要な雑貨を買わねばならない。

「休んでる暇はない、か」

ムーンティア草の群生地から数メートルの所にコリオリ草は生えていた。

コリオリ草の葉は大きく肉厚のため、さほど時間もかからなそうだ。

頬を軽く叩き、マナアクセラレーションの効果をそのままに、素早く確実に丁寧に葉を摘み取っていく。

一心不乱に作業へ没頭していると、作業開始からどれぐらい経過したかは分からないが、頭に一粒の水滴が落ちた気がした。

気にも留めずコリオリ草を摘み取っていると、頭を打つ水滴の数が段々と増えていき、頭のみならず体全体を打ち付ける大雨へと変化していった。

額を伝い、瞼を濡らす雨粒はとめどなく流れ落ちてきており、数秒に一度瞼を拭わなければならないほどだった。

「くそ……手が滑る……雨が鬱陶しい……」

大雨は更に勢力を増し、強風を伴い始めた。

山の木々が強風によりバサバサと悲鳴をあげ、山の上では落雷の音すら轟いていて、いつ雷雲がこちらに来てもおかしくない状態だった。

先程までの晴天と百八十度違う天候に、泡を食いながらも摘み取りを継続していく。

しかしこのままでは籠に入っているムーンティア草や今摘んでいるコリオリ草すらも吹き飛ばされそうな勢いだ。

「仕方無い……どこかに避難しなきゃ」

吹き付ける剛拳のような突風に耐えながら、周囲を窺うが……。

「駄目だ……都合よく洞窟なんかがあるわけない……」

滝のような豪雨の中、目を凝らしてみても雨やどり出来そうな場所など何一つ無い。

しばしの逡巡の後、俺はある事に気付いた。無いのなら作ってしまえばいいのだ、と。

思いついたが即時、豪雨でぬかるみ始めた地面に拳を突き立て、今まさに必要な魔法名を唱えた。

「【アースウォール・スクエア】！」

土のルーンが刻まれた文殊が黄金色の光を発し、俺の周囲の地面が僅かに揺れた。

四方の地面から土の壁が俺を囲むようにせり上がり、縦横三メートルほどの囲いが出来上がる。

囲いの頂点はじわじわと癒着していき、ものの数秒で五メートル四方の土の箱が完成した。

本来は一点防御用の低級魔法だが、イメージでアレンジを加えて立方体になるよう発動したのだ。

「ふう……これで雨は凌げるけど、暗いな」

咄嗟に発動した魔法なので、これがどれぐらい豪雨と暴風に耐えられるかが心配だ。

灯(あか)りもないこの空間では壁の劣化具合も分からないので、ひとまず灯りをつけるために、正面の壁の一部分を殴り壊し、数十センチほどの穴を開けた。

やはり山は舐めてはいけない。そう思った瞬間だった。

穴から外を見れば、雨風がやむ気配は皆無であり、むしろどんどん悪化しているようにも思える。

「【プチファイア】」

土のルーンに続き、火のルーンが赤く光り、俺の指先に赤ん坊の拳ほどのサイズの炎が灯(とも)った。

出力を通常の半分にまで減らし、灯りとして使用する。

光魔法でない理由は一つだけ。尋常(じんじょう)じゃないくらい寒いのである。

濡れた衣服を着用して雨風にさらされた場合、通常の数十倍の速さで体温が奪われていくのは有名な話だ。

ここは山の中であり、標高的に言えば約三千メートル越えの地点である。

空気も薄いし、何より寒暖差が激しい。

天候が変わる前は暖かかったのだが、今では体中がガタガタと震え、このままでは低体温症になってしまう。

濡れた服を脱ぎ、一枚ずつ絞って服が吸った水分を減らす。

「へぶしっ！」

何かを燃やして暖を取ろうにも、周囲の枯れ木や落ち葉などは雨により濡れてしまっていて使えない。

かといってこの空間で大きな炎を上げれば、空気が燃え尽きて毒ガスが満ちてしまう。

洞窟や閉鎖的環境で大量の炎を燃やすと、人体に有害なガスが発生してしまうのだ。

俺が開けた穴が通風孔の役目を果たしてくれそうだが、絶対に大丈夫という保証はない。

「そ、そそぞうだ……く、クーガ……出ろ」

うまく回らない口を必死に動かし、影の中で休んでいるクーガを呼び出す。

『マスター！　大丈夫ですか！』

影から出てきたクーガは一度天井に頭をぶつけ、この現状に戸惑いながらも俺を見て驚愕(きょうがく)の声をあげた。

「ザムぐで……たたずげで……ぶえっくしょい！」

『ならば私の火球で！』

「やべでぐだざい、じんでじばいばず……」

クーガにはやや手狭に感じるかもしれないが、この際我慢してもらうしかない。

そして何より、クーガは暖かいし、モフモフの毛皮もある。

この狭い空間であれば、クーガの体温を利用して暖まれるのではないか、と凍りつきそうになりながら思ったのだった。

「はああー……あったかい……あったかいよクーガあああ」

『これはなんとも……マスターとあろう方が何故このような……』

暴風雨の中、即席で作り出した避難場所。

その狭い空間で、世に恐れられている魔獣に素っ裸で抱きついてモフモフしている俺。

字面で見ると相当にヤバイ状態だが、俺の体もヤバイ状態になっていたのだ。

致し方ないだろう。

こうなった経緯を話すと、クーガが少しだけ笑った気がした。

含み笑い程度のものだが、確かに笑い話にはなりそうだ。

着の身着のままで標高三千メートル以上の場所にいるんだもんな……普通に考えれば異常だ。

山に来る時は、もっときちんと準備をしてからにしよう。

以前も採集依頼で別の山に赴いた事はあったが、その時はたまたま天候が変わらなかっただけの話なのだ。

「もう駄目かなぁ……」

クーガに包まれ体温が上がってきた頃、時刻盤に目をやると、すでに十七時を過ぎている。

【フライ】を使えば、外部からの干渉は一切遮断されるので、帰る分には問題ない。

この効果が飛行していない時にも発動してくれれば……【フライ】をかけながら薬草摘みが出来るのに……そう都合よくは行かないのが人生というもので……。

今から大急ぎで帰ったとしても組合に着くのが十八時近く。

依頼完了の手続きや報酬の受け取り、着替えなどの時間を考慮すると完全にアウトだ。間に合うわけがない。

「仕方無い……明日朝イチで買い物に行くか……」

必要なのは携帯食料と水。

俺は治癒魔法が使えるし、リッチモンドは回復など必要無いだろう。

俺はともかく、リッチモンドに傷を付けられるモンスターなど、迷宮の上層階にいるはずがない。

魔力に関しても、俺とリッチモンドは魔力切れとは程遠い。回復薬も魔力薬も必要ないだろう。

クーガは基本的に食事が不要。

飲まず食わずでこの巨体を維持しているのだから、魔獣というのは本当に不思議である。魔獣のメカニズムを解明してくれる大賢者様はいないのだろうか。

なので、当面必要なのは、俺の分の携帯食料と水、そして万が一のための毒消しや抗麻痺薬。

それ以外は組合が支給してくれるそうだが、ある程度は自分でも準備しておいたほうがいいよな。

「リッチモンド、聞こえるか？」

「おやフィガロ、どうしたんだい？」

ウィスパーリングを起動してリッチモンドにコンタクトを取った。

そして彼に明日の行程と、そうなった理由——スカーレットファングの話を伝える。

「不正ね……いつの時代も、愚かな俗物は存在するものなんだねぇ」

「それが人だしな」

「分かったよ。明日の昼に組合へ赴けばいいんだね」

「あぁ、よろしくな。あと確認なんだけどリッチモンドの分の食事とか水とかは準備しないでいいよな？」

「んん？　フィガロは何を言っているんだい。この前も話したと思うけど、アンデッドの僕には必要ないさ。一般人に紛れるために食事をとるふりをすることもあるけどね」

「なるほど、便利な体だな。でも迷宮には他の白金（プラチナム）等級の冒険者もいるぞ？　怪しまれないか？」

「あーそうだね。なら携帯食料を少し多めに買っておいてくれないか？」

「いいよ。任せろ」

「ありがとう。ところでフィガロ。さっき屋敷に行ったんだけどいなかったね。今、どこにいるんだい？」

「今は……ボーイング山で土の部屋に籠って、雨風を凌いでるところだ」

「ふうん……？　ちょっとよく分からないけどまぁ、気をつけて。ボーイング山には古くから——僕が人間だった頃から、雨の時にしか現れない幻のモンスターがいるって言い伝えがある。雨の中で遭難した登山家や冒険者を食い殺すんだ。君は大丈夫だろうと思うけど」

「貴重な話をありがとう。気をつけるよ。それじゃ」

ウィスパーリングを切り、クーガにもたれかかる。

「幻のモンスターかぁ……会ってみたいな」

『どのようなモンスターであれ、マスターに敵うものなどいないかと』

「そんな事ないって。俺より強い奴らなんていくらでもいる」

『ご謙遜を……ですがそれもマスターの良き所なのでしょう』

クーガが大きな舌の先で俺の頬を舐める。

先ほど生み出した魔法の炎はとうに消え、今では壁に開いた穴から差し込む薄暗い光だけがこの空間を照らしている。

豪雨と暴風はやむ事を知らず、雨音と風鳴りのハーモニーを騒々しく奏でている。

そして数刻に一度、雷鳴が轟き、天空に稲妻が走る。

「体も十分温まったし……帰ろうか」

『は』

【フライ】を発動し、この土部屋を突き抜ければ雨に濡れる事もない。

薬草は二種類しか集められなかったが仕方ないだろう。

そう思った矢先の事だった。

吹きすさぶ暴風と打ち付ける豪雨の中、カッポカッポという、馬の足音が小さく聞こえてきた。

「こんな所に馬……？　外は暴風雨だぞ……？」

『ただの馬……では無いでしょう』

「だよなぁ……リッチモンドの言っていたモンスターか？」

『その可能性は高いと思われます。なかなか強力な魔力を保有している個体のようですね』

打ち付ける雨の音と木々を薙ぎ倒しそうなほどの暴風の音、世界が暴れているような状況で馬一匹の足音が聞こえてくるわけがないのだ。

静かに立ち上がり、穴から外を覗き見る。

雷光が空に走ると、耳をつんざく轟音が間髪入れずに鳴り響く。

光が走った瞬間、地表に大きな馬らしきシルエットが映し出された。

二度、三度、光が周囲を照らす度にシルエットは大きくなっている。

雨に紛れるように、少しずつ少しずつこちらに近付いて来ているようだった。

「馬っぽい……でもサイズが倍ぐらいある」

『排除しますか？』

「よせ、敵意もないのに襲ってどうする」

『は』

音の主は歩みを止め、こちらの様子を窺っているように見える。

豪雨に阻まれてハッキリとは見えないが、大きさはクーガと同じくらいかそれ以上だろう。

頭部に二本の角を生やした六本足の馬、とでも言えばいいのだろうか。

体はうっすらと透けており、雨と雷によって幽玄な雰囲気を醸し出している。

『もし』

俺がじっと視線を送っていると、謎の声が頭の中に届いた。

耳からではなくウィスパーリングを使用した時のように直接脳内に響く。

しわがれた掠(かす)れ声は威圧的ではなく、小川のせせらぎのように穏やかな声だ。

ハスキーだが聞き苦しくない不思議な声。

これはどう考えても視線の先にいる謎の存在の声だろう。

『もし、そこのお二方』

「どなたでしょうか」

『何者だ』

どうやら俺だけではなく、クーガにもこの声は届いているようだ。

クーガは首をもたげながらも、目付きを険(けわ)しくしている。

『この山に何用でございましょうか。強き者達よ』

「私はただ薬草を摘みに来ただけです。失礼ですがあなたは？」

『ウンヴェッター。嵐を司(つかさど)る精霊にございます』

『ウンヴェッター……知らぬな』

「俺も知らない……嵐に精霊なんているのか」

ウンヴェッターと名乗った存在は静かに立ち尽くし、吹き荒れる暴風をものともしていない。

嵐の精霊というのは本当なのだろうか。

地水火風の四大精霊から派生する下位精霊ならば無数に存在するとされ、数多の文献や研究論文がこの世に出ている。

一説では精霊はありとあらゆる物に宿っているともされ、その説に従うのなら嵐にも精霊が宿っていたとしてもおかしくは無い。

そしてリッチモンドが言っていた幻のモンスターがこのウンヴェッターであるならば、少なくとも二百年前からこの地に存在しているという事になる。

『当方は、この地に眠りし蒼聖龍様をお守りする者。無下に命は奪いませぬが、蒼聖龍様の安息地を荒らすのであれば……刺し違えてでも』

「ちょっちょっと待ってください。私は本当にそこの薬草を摘みに来ただけなのです。蒼聖龍様？の事も知りませんでした」

『精霊ごときがマスターに勝てると思っているのか』

ウンヴェッターの雰囲気は変わらないが、その言葉には強い意志が込められているのを感じた。

クーガが牙を剥き、威嚇の意を込めて唸りをあげる。

『当方もそれなりに力のある精霊……ですが……お二方には到底敵いますまい。それだけの魔素をまとう存在が薬草摘みなど到底信じられませんが……本当であれば当方の思い違いです。謝罪を受け入れていただきたい』

「謝罪も何も……こちらに被害はないので問題ありません」

『寛大な御心に感謝を』

ウンヴェッターはそう言って首を下げた。

お辞儀をしているのだろうか。

『マスターはいと慈悲深きお方。仇なす事が無ければその強大な力は振るわれない』

『当方、長年生きておりますが、貴殿のような存在は初めてです。人の匂いを漂わせておりますが、貴殿に内在する魔素量は人のそれではない。さもすれば当方が主人、蒼聖龍様に並ぶか……それ以上やも知れぬ』

「こんなのでも一応人間やっておりまして……はは……あの、一つお聞きしたいのですが、蒼聖龍サマというのはお亡くなりに？」

『いえ、蒼聖龍様は来るべき時のため、眠りに就いているだけでございます。いずれはその御身とご威光でお守りくださるでしょう』

「ふうん……来るべき時というのは？」

『当方には分かりかねます。来るべき時が来れば、蒼聖龍様を合わせた五神獣様がお目覚めになる……蒼聖龍様はそれだけしか仰っておりませぬゆえ』

「五神獣……とは？」

『東の蒼聖龍様、西の白聖虎、南の紅炎聖朱雀様、北の黒曜聖玄武様、中央の天厳聖金龍様にございます』

「天之五霊（てんのごれい）の事ですか……？　古代ランチアを守護したとされる聖獣の伝承が、まさか実在の存在とは驚きです。しかし私の記憶が正しければ、蒼聖龍様は水を司る方、なぜ山に眠っておられるのですか？　それとウンヴェッターさんは、嵐の精霊とおっしゃいましたが……」

ランチア守護王国の歴史は俺なりに勉強している。

ランチアが王国となる前の事。

降魔大戦が終結した後、国となる前から数えて百年近くの歳月をかけ、ランチアの王族はとある霊獣達と契約を交わす事に成功した。

それが蒼龍、白虎、朱雀、玄武の四神。

四象とも四獣とも呼ばれるそれは、洸龍と呼ばれる存在——ウンヴェッターの言葉を借りるなら天厳聖金龍を補佐する守護獣として、天の四方を司っている。

四獣の属性——蒼龍は水、白虎は風、朱雀は火、玄武は土の属性を持っている。

ちなみに洸龍というのは全ての属性を持つ四獣の王、すなわちランチアの王族を指すとも言われているが定かではない。

王宮の本殿が護神洸龍殿（ごしんこうりゅうでん）と名付けられている事と、何か関係があるのかもしれない。

『その話は長くなるので……割愛させていただきますが。蒼聖龍様の従者として生み出された精霊は、数百年前に起きた吸血鬼との戦いにより消滅してしまいました。当方は風と水ともう一つの属性を持つ上位精霊でして。前任の精霊より任を引き継ぎ、蒼聖龍様をお守りしている次第』

「そういう事ですか、あなたも大変なのですね。って吸血鬼……ですか」

数百年前に、ランチア付近を彷徨っていた吸血鬼って、まさかコルネットの事じゃないだろうな……？

目覚める前はそれなりにやんちゃしてた感じだったし……あんにゃろ、人様の国の守護獣の側近滅してんじゃないよ。

『当方が力を振るえば、木々は傷み傷ついてしまう。今はお二方を警戒していたために、力を振るっているに過ぎません……お二方が強大すぎて、当方も少し力を出し過ぎてしまいましたが……見当違いとは、いやはや面目無い次第で』

この暴風雨の威力で、少し力を出し過ぎただけというのか。ウンヴェッターが全力を出したら、一体どのような被害になるのだろう。

しかし守護するというのに力を満足に出せないとは……難儀な事だ。

『通常、不埒者がこの地に侵入した場合は、少しスコールを発生させて追い返していたのです。常にこのような暴風を起こしているわけではないと、ご理解いただければ』

「分かりました。俺達の事、信じてくれたのですね」

気が付けば猛威を振るっていた暴風雨も鳴りを潜め、暗雲が垂れ込めていた空は茜色と闇が混じり合った幻想的な色になっていた。

ウンヴェッターが力を収めてくれたようだ。

クーガは少しつまらなそうにしている。

よもや戦いたかったなんて言い出すんじゃないだろうな……。

『ウンヴェッターとやら、我が名はクーガ。私と一戦願えないだろうか』

――予想的中。その通りだったよ。

ウンヴェッターが力を消した今、暴風と雷雨は引き、一切の雲が取り払われている。

灯りはなく、段々と闇夜が歩み寄り、視界も悪くなってきている。

そんな中、土の部屋から出たクーガが開口一番に自分と戦ってくれと言う。

時刻盤はもう十八時を過ぎていた。

組合は夜遅くまで、というより朝から朝までずっと開いているので、換金に関しては問題無い。

無いけども。

『申し出は嬉しいのだが……この場所で戦うのは、蒼聖龍様の地を荒らす事に他ならない。申し訳ないのだが……』

『この場所で無ければいいのだろう？』

『しかし当方はこの場所を守護する命を受けている。動く訳にはいかぬのだ』

「下の平野じゃダメなのですか？　あそこなら広いしボーイング山の麓だし、管轄内かと」

『まさかウンヴェッター、上位精霊でありながら臆するのか？』

『平野ですか……あの場所なら確かに問題ありませんが……クーガ氏よ、念のために伝えておくが臆しているワケではない。恐らく貴殿は魔獣の幼生体であろう？　貴殿とであれば少なからず手傷を負わせる事は出来よう。しかしそれが決着になるとも限らない。そして当方と貴殿が争う理由が見受けられない』

『それは簡単な事。ウンヴェッター、お前が強いからだ。あそこまでの天候操作となれば、膨大な魔力が必要なはず。なのにお前は涼しい顔をして、我らと語らう余力すらある。これが強者と言わずしてなんと言おうか』

二匹の会話を聞きながら、俺はクーガの強引とも言える誘いの理由に合点がいった。

恐らくだが、クーガは力を持て余しているのだろう。

クーガは体内に莫大な魔力を内在した魔獣なのだ。

慢性的な運動不足が軽いストレスとなってクーガを苛んでいるのだとしたら、無意識的に戦いを望んでいてもおかしくはない。

自分と同等の力を持つかもしれないウンヴェッターと、手合わせしたくなるのも道理だ。

リッチモンドと手合わせをしたいと言っていた時に、気付くべきだったのかもしれない。

これは主人たる俺の不手際だ。

『確かに当方は通常の精霊よりも上位の複合精霊。水も風も当方の手足となんら変わらず、小規模の嵐を起こすなど造作もない事。だからと言ってクーガ氏の私欲を満たす戦いに同意する訳にはいかないのだ。どうか分かってほしい』

ウンヴェッターが心底申し訳なさそうに項垂れながら言った。

その時だ。

ゴッ、と言う音と共に何かがウンヴェッターに飛んで行った。

『……何を、するのですか？』

見ればウンヴェッターの目の前には拳大の火球がいくつも漂い、ウンヴェッターと火球の間にうっすらと水の膜が張られていた。

横を見ればクーガが不敵に笑い、口からは微量の煙が上がっていた。

恐らくだが、クーガが口からあの火球を噴き出してウンヴェッターに放ったのだろう。

完全な不意打ち、しかしそれを容易く防ぐウンヴェッター。

あの水の膜は防御壁か。

『そら、攻撃されたぞ？　反撃しないでいいのか？』

「おい！　クーガ！　やりすぎだぞ！」

しかし俺の言葉はどうやらクーガには届いていないらしく、その瞳はギラギラと輝き全身の毛が逆立っていて完全に戦闘モードへ移行してしまっている。

『これは……我の魔力に当てられましたか……申し訳ないが人間の。クーガ氏は我を忘れておられる。幼生体ゆえ、当方の力の余波に呑み込まれてしまっているのでしょう。抑えていたであろう戦

闘本能が剥き出しになっている。このままでは危険です』

「おいクーガ！　止めろ！」

『マスターも異な事を仰る。私は魔獣です。戦いこそ本懐、闘争こそが意義。強き者と戦いたいと願うのは道理な事。さぁウンヴェッター！　どうする！　火の粉をかけられておめおめと退散するのか！』

俺が制止してもクーガは戦闘態勢を解かず、むしろ臨戦態勢だ。

ウンヴェッターは力の余波に呑まれたと言ったが、俺は特に何も感じない。

人と魔獣の違いなのだろう。

しかしクーガが幼生体とは……道理でサイズが小さいはずだ。

という事は、これから成長すればさらに巨大化するという事実に他ならない。

『人の子よ。クーガ氏がこうなってしまったのは当方の責。しばしクーガ氏をお借りしたいのだがよろしいか？　数刻も戦えばクーガ氏の内で暴れる当方の力も発散されるであろう』

ウンヴェッターが申し訳なさそうに俺へ語りかける。

俺としては問題無いのだが、実際はクーガが暴走して喧嘩を売っているような気分なので、申し訳ないのはこちらの方だ。

「分かりました。すみませんが、よろしくお願いします」

『申し訳ない。後ほどきちんと釈明をさせてもらいたい』

こんな事になるなら、クーガの魔装具アブソーブを外すんじゃなかった。

クーガの瞳の輝きは光度を増し、真紅の煌(きら)めきが闇夜に流れる。

ハァハァと荒い息を吐く口からは大量の泡が零(こぼ)れていて、時たま小さな種火が噴き出される。

未だかつて見たことの無い興奮度合いに、俺でさえたじろいでしまう。

「クーガ、大丈夫か？」

『問題ありません！　身の内より湧き上がる力の奔流(ほんりゅう)が言うのです。戦え、戦えと！』

これも力のセーブがうまく出来ていないせいなのだろう。

申し訳ないが、今回はウンヴェッターの胸を借りる事にする。

魔獣に対しての知識も扱いも、ウンヴェッターの方が上だと思うし。

『クーガ氏！　付いてくるがいい！　貴殿の挑戦を受けよう！　力の使い方を教えてしんぜよう！』

『ハッハァ！　それでこそ強き者！　滾(たぎ)る力、存分にぶつけさせてもらう！』

ウンヴェッターのたてがみの先に淡い光が灯り、フワフワと闇に浮かぶ。

見失わないための目印なのだろうか？　だとすればかなり気の回る精霊だ。

たとえ上位精霊と魔獣の戦いだとしても、クーガは俺の相棒だし戦いを見守る義務があると思う。

クーガがやり過ぎるという可能性も捨てきれない。

何かある前に止める。

俺が傷付いたとしても、止めねばならない。

逆にクーガがコテンパンにやられる可能性だってある。

この二体の戦いは、全く未知の領域にあるのだ。

そうこうしている内に、ウンヴェッターが跳躍し、山の斜面を駆け下りていった。

クーガもそれを追い、駆け下りて行く。

ウンヴェッターの誘導灯がトントンと跳ねるように消えていった。

帰って来る時の目印としてランタンに火を入れ、土小屋の上に置いて【フライ】を発動、二体の戦いを見守るべく山から飛び立ったのだった。

◇　◇　◇

『クーガ氏、こんな事になって申し訳ない』

『何を言う！　むしろ自己を律する事の出来ない私の我儘！　感謝する！　戦いこそ本懐！　戦おう！』

『なるほど……本来は礼儀正しいお方のようだ。闘争本能に抗っているようにも見える』

闇の中で対峙するウンヴェッターとクーガ。

その距離約二百メートル。

周りには灯りになるものは無く、闇に光るのはクーガの紅の眼光と、穏やかな淡い光を灯すウンヴェッターの二体が放つ魔力の灯火のみがひっそりと輝きを保っている。

二百メートルという距離も、この二匹にとっては数センチと変わりない。

詰めようと思えば瞬きの間に接近出来るだろう。

『幼生体といえど魔獣……気を抜いては痛い目を見る。しかし……クーガ氏を滅する事無く、余剰な力のみを発散させ正気に戻す、なかなか難しい注文でありますな』

『来ないのなら私から行くぞ！　ガアァァッ！』

冷静に佇むウンヴェッターとは対照的に、ハァハァと激しく呼気を吐くクーガ。

もどかしくなったのか、戦いへの飢えが限界を超えたのか、一際瞳の輝きを増したクーガが吠えた。

『火球……いや、炎弾か』

カパリと開かれたクーガの口から、先程ウンヴェッターに放った火球の数倍はある炎の塊が、連続で射出された。

ウンヴェッターは驚きもせず、その場から動こうともしない。

炎弾が刹那の飛翔の後、ウンヴェッターへと迫り激突、爆音を轟かせた。

『だが、当方に傷を与えるにはまだ足りないな』

爆炎があたりを包み、熱波を浴びた大地がじくじくと融解していく中、ウンヴェッターが口調も変えず、一歩一歩、歩を進めた。

『なるほど、これは岩をも溶かすフレイムキャノン、先の挑発であろう火球、そして貴殿より感じるひりつく魔力。クーガ氏の属性は火なのだな』

ウンヴェッターが歩を進める度に、足元の炎が音を立てて消されていく。

融解し、マグマのように液状化した大地すらものともしない。

消火された箇所は冷え固まり、岩石となりウンヴェッターの足場となる。

『いかにも！　私はマスターの力により魔獣へ変異した獣！　ヘルハウンドなり！』

『ヘルハウンド……久しく聞かぬ名だ。それを聞いたのは数百年ほど前になるか……人の子の力により、というのが気になるが……上級魔獣であるヘルハウンドの幼生体とあればさらに気を引き締めねばな。形態強化！』

その瞬間、ウンヴェッターの持つ穏やかで静かな雰囲気が変わった。

『形態強化など数百年ぶりの事、先達と共に流れの吸血鬼と戦った時以来だな……吸血鬼の名は忘れてしまったが、実に良い戦いだった』

誰に向けたわけでもない一人語りをしながらも、ウンヴェッターの体組織が音も無く変質していく。

体は一回りほど肥大化し、二本あった頭部の角は三本に生え変わり、青白い光をまとっている。

その角はまるでトライデントのようであり、角先からはパチパチと音を立てて小さな火花が散っていた。

肥大化した肉体は靄に包まれ、それが段々と凝縮し、ウンヴェッターの肉体を覆い始める。

『おお……さらに魔力が増大して……ウンヴェッター！　素晴らしい、素晴らしいぞ！　ようやく戦ってくれる気になったのだな！　ありがたい！』

『強化形態ゲヴィッター。こうでもせねば貴殿に傷も付けられそうに無い。多少の被害は許容して欲しい』

『謙遜を……！　私の攻撃など歯牙にも掛けていないではないか！　そらそらそら！』

凝縮した靄はやがて形を変え、軍馬がまとうような屈強な鎧へと変化した。

鎧をまとったウンヴェッターへ、クーガが再び無数の炎弾を放つ。

その数およそ百。

『ここが平野だとしても、なかなか環境破壊を助長する攻撃。よしんば躱したとしても地形が変わるな。受けきるしかあるまい』

言葉とは裏腹に、ウンヴェッターは微塵も動じた様子が無い。

その証拠に、次々と飛来する炎弾は灰色の膜に包まれ、黒い塊となり地に落ちていく。

『炎の中に岩石を仕込むか……えげつない事をする』

『これも効かぬ……か。しかし解せぬ、今何をしたのか教えて欲しい』

『何のことは無い、風の膜で包み、鎮火しただけのこと』

火は空気が無ければ燃える事はなく、強風の中でもまた火を維持する事が出来ない。

ウンヴェッターは炎弾を風膜で覆い、外界からの空気を遮断、局地的に閉鎖的空間を作り出して強制的に鎮火したのだ。

言葉で表せば簡単そうに見えるが、それを猛スピードで飛来する百の炎弾全てに対処して見せたのだ。

上位精霊ゆえの対応能力なのか、ウンヴェッターの地力なのか。

どちらにせよ、常識の範疇を超えているのは間違いない。

『吐き出すがいいクーガ氏よ。その身の内を焦がす強烈な闘争本能を。戦いへの渇きを。当方の全力を持って受け止めてしんぜよう』

『その言葉！　後悔しても知らんぞ！』

クーガが一際大きな声で吠える。

遠吠えにも似た咆哮は空気を振動させ、可視化したクーガの魔力が燃え上がり、自身を炎で包み込む。

赤い炎は段々と色を変えていき、冷たい青へと変質する。

『ヘルハウンドの……微覚醒か、だがまだ若々しい青さよ。勢い任せの猛攻など当方の属性の前では無意味』

水のような青さを湛えたクーガの炎。

身を包む蒼炎は周囲の空気を熱し、陽炎のごとき揺らめきを発生させている。

揺らめきとは別に、蒼炎がたなびき線となり不規則な軌跡を描き始める。

軌跡はやがて図形となり魔法陣となり、クーガの蒼炎を吸い込んでいく。

『この技を喰らっても余裕でいられるか！　【ペネトレートフレイムロア】！』

周囲に四つの魔法陣を展開したクーガが吠える。

咆哮に応えるように魔法陣は輝き、直径一メートルほどの青い光線を発射した。

『初めて聞く技だな。どれ程の威力』

その正体は圧縮されたクーガ自身の蒼炎そのものである。

クーガが吠えた刹那、蒼炎の光線はウンヴェッターを穿いていた。

断末魔の嘶きを上げる事もなく、頭部と体を穿たれたウンヴェッターは、静かに闇夜へ溶けて消えた。

『ふはっ……はは！　ウンヴェッターよ残念だったな！　貴様の負けだ！　驕りによる油断が命取りとなったな！』

全身を揺らして息をするクーガは勝利の声を上げた。

ことごとく攻撃を防がれるならば、速度と熱量を上げればどうか。

戦いの中で試行錯誤し、炎を圧縮する事を思いついた。

かつて、フィガロとクライシスが、魔導力学という学問について語り合っていた。

圧縮されたエネルギーは解放される際に爆発的な威力を生み出す、というクライシスの言葉を頼りに、自分なりに考えて編み出した技が、この【ペネトレートフレイムロア】だった。

炎の温度を限界ギリギリまで高め、魔力に物を言わせて無理矢理圧縮した技。

成功したのが偶然とも言える力業である。

爆発的なエネルギーの一部を射出力に転換し、撃ち出す。

さすがのウンヴェッターもこの技に反応することができず、まともに喰らってしまったのだろう。

そう思わせる程、【ペネトレートフレイムロア】は綺麗に決まった。

綺麗すぎるくらい完璧に。

あえて受けたと言わんばかりの完璧さ。

クーガがもっと戦い慣れていたら、気付いたのかも知れない。

技を受ける前のウンヴェッターに警戒の色が欠片も無かった事に。

『そら、ボディがガラ空きだぞ』

横から聞こえた声にクーガは戦慄した。

咄嗟に飛び退ろうとしたが、クーガは時すでに遅し。

バリバリバリ！　と雷鳴が轟き、雷光をまとったトライデントがクーガの腹部を穿いた。

『ぐがっ！　あがあああ!!』

闇に走る白色の雷光は、クーガの体を縦横無尽に駆け抜ける。

脇腹に突き刺さったトライデントからは、絶えることない雷撃がとめどなく流し込まれている。

突如として現れたトライデントの持ち主が語りかける。

『驕りはどちらの方だろうか。いや、驕りというよりは慢心、そして油断』

『馬鹿な！　お前は確かに私の技でえぇぇあがああ！　ウンヴェッターアアアア！』

『ふむ。確かに当方は貴殿のペネトレなんとかで穿たれた。が、穿ったのは魔力で作った当方の分身、痛くも痒くも無いな』

　クーガの横っ腹にトライデントの角を突き刺したまま平然とするウンヴェッター。

　その顔に疲弊の色はなく、余裕綽々な口調でクーガの問いに答えた。

『魔獣の敗因の多くは強者ゆえの驕り、慢心、油断よ。勝って兜の緒を締めよ、とはどこの言葉だったか……勝ちを確信しても気を緩めるな、という人族の戒めだったはず。しかしこれで貴殿の内で暴れていた当方の力の余波も収まったであろう』

　雷撃をまとうトライデントを引き抜き数歩下がるウンヴェッターに対し、クーガはそのまま大地に倒れ伏して口から泡を噴いていた。

『あが……がっがはっ……』

　体を痙攣させながらもクーガの瞳には未だ強い光が残っていたが、徐々に光を失っていき、やがて両の瞼が閉じられた。

『やれやれ……ここまでしてようやく気を失ってくれたか……通常の幼生体であれば、当方の角に貫かれた時点で気を失ってもおかしくないのだが……年長者ゆえ負けるわけにはいかぬと気張っていたが……若さの勢いというのは予測を超えてくるから困る』

ウンヴェッターは戦闘開始から初めて苦悶の表情を浮かべ、がくり、と両膝を地に付けた。

口からは荒い呼吸が漏れ、全身が大きく上下している。

『まさか戦闘中に微覚醒をするとはな、プライド、というやつだろうか。末恐ろしい魔獣よ。しかし最後のペネトレートフレイムロア、だったか……あれは危なかった。一発でももらっていれば負けていたのは当方であったろうな』

クーガの脇腹を貫いたウンヴェッターの角——強化形態の時のみ出現する三又の角は、言ってしまえば最終兵器である。

ウンヴェッターは上位の複合精霊であり、その属性は水・風、そして雷。

通常であれば嵐の時にのみ雷属性が具現化するが、強化形態の時は完全な戦闘モードであり、その力は精霊を超える。

人間でいう肉体強化の魔法と同じようなものだ。

膨大な雷のエネルギーが込められた三又の角は、触れたもの全てを破壊する。たとえそれが頑強な魔獣の肉体であってもだ。

体の外側を硬質化する事は出来ても、内側である臓器や筋肉などを硬質化させる事は出来ない。

それはいかなる生物にも当てはまる。

肉体という閉鎖的な空間に膨大なエネルギーを流し込めば、一瞬で意識を刈り取るなど容易い。

しかしクーガは幼生体ながら、ウンヴェッターの雷撃を受けてなお立ち続け、咆哮すらあげて見せた。

その事実に、ウンヴェッターは驚愕の念を隠せないでいた。

『しかも……がはっ……最後の最後で自らの魔力エネルギーを当方に流し込み……打撃を与える、とはな……こんな魔獣の主人であるあの人の子は、どのような存在だというのか』

ウンヴェッターが咳き込むと同時に、口から水色と薄緑が混じったような液体が吐き出された。

霊質世界の住人である精霊には、血液という概念がない。

こちらの世界である物質界においては、魔素、魔力、そして霊質世界の物質であるエーテルが肉体を構成する。

今ウンヴェッターが吐き出した液体こそがエーテルであり、血液と同じような役割を果たしているのだ。

地に吐き出されたエーテルは、数秒の間柔らかな光を放っていたが、やがて霧となって消えた。

エーテルは霊質界の物質ゆえに、物質界では特殊な魔法が付与された容器でしか保存できない。

このエーテルを用いれば欠損した肉体や、失われた命までも呼び戻す奇跡の霊薬を生成する事が可能である。

数百年前、このエーテルを目当てに霊質界の住人である精霊や幻獣が乱獲された、という事件があるのだが――それはまた別の話である。

「終わりましたか？」

闇の空より小柄な人影が舞い降り、ウンヴェッターに問いかける。

『人の子か……すんでの所であったが終わった。クーガ氏は気を失っておるよ』

「はい。それは上空から見ていたので大丈夫です。それと……申し遅れましたが私はフィガロ、といいます。お疲れクーガ、よく頑張ったな」

フィガロは地に伏したクーガの頭を優しく撫で、傷口に治癒魔法を発動させていた。

それを穏やかな目で見守るウンヴェッターの姿が静かに変化していく。

『フィガロ殿と申すのだな。貴殿には色々と尋ねたい事が多々あるが……いずれかの機会にするとしよう』

「聞きたい事、ですか」

『うむ。難しいことではない。まぁ機会があればの話だがな』

「私は訳あってこの国の南側にあるサーベイト森林公園を含め、王宮の裏手の山岳地帯や平野を領地とする者です。もしよろしければ遊びに来てください」

『なんと！　紅炎聖朱雀様の眠る地を守る人の子であったか！　そうかそうか！　承知した！　機会があれば伺いに参ろう』

『う……マスター……』

一人と一体の語らいの中、治癒魔法で意識を取り戻したクーガが力なく呟いた。

傷口は完全に塞がっているが、魔力の低下による弱体化は否めない。

『私は……負けたのですね。なんだか夢を見ていたようで……』

「あぁ、お前は負けたよ、コテンパンにな。けどそれはお前のせいじゃない。お前をしっかり見ていなかった俺の責任だ、よく頑張ったよ」

『マスターは……やはりお優しい……私にも力が……強く、なればあの時のような……守れ、無くて……みんな……』

「クーガ？」

クーガの目は薄く開いていたが、焦点があっておらず、どこか遠い所を見ているかのようだった。

『まだ意識がはっきりしていないのであろう。最後に大技を使い、残存魔力が少ないのだ。寝言のようなものだろう。しばらく休ませていれば再び意識を取り戻すだろうて』

「そう、ですか……」

『では当方はこれにて失礼させてもらおう。さらばだ、南の守護人よ。あちらの守護精霊にもよろしく頼む』

「はい、領地でお待ちしております」

一陣の風が吹き、ウンヴェッターの姿が霞（かすみ）のように流れ、消えた。

暗闇に残されたフィガロとクーガ。

パチン、と闇の中に小さな炎が生まれた。

「こうすると、クーガに出会った時の事を思い出すな……あの時とは全く状況が違うけど……傷付いて俺の前に姿を現した時、どんな気持ちだったんだ？　お前に何があったんだ？」

穏やかな寝息を立てる巨大な魔獣の傍(かたわ)らで、小さな炎に当たりつつ一人呟くフィガロ。

炎は当然魔法で作り出したものであり、焚き木などは一切ない。

静けさが満たす平野で、聞こえるのは燃え盛る炎の音と、フィガロが語りかける声だけであった。

クーガとウンヴェッターの戦いは、クーガの敗北という形で幕を閉じた。

唐突の戦闘だったがクーガの問題が浮き彫りになったので、結果的にはＯＫだろう。

「ふぅ……何だかんだあったけど無事に換金も終わったし、後は明日に備えよう」

あの後、意識が戻らないクーガを担いで【フライ】を発動し帰宅した俺は、トンボ返りでボーイング山へ戻り、残りの薬草を採集し、無事に依頼を成功させた。

報酬を受け取ってから組合内に併設されている販売所にて、携帯食料などの準備品――乾燥肉、野菜のペースト、ビタミン剤、胃薬、目薬、オイル漬けの魚の瓶詰め、保存の利く経口補水液などなど――を買い込んだ。

旅に慣れた冒険者ならば香辛料や塩、砂糖なども購入し、現地で簡易的な料理を作ってしまうらしい。

野外で料理を作るのはあまり上手ではないので、俺にはほとんど関係の無い事だ。

そして現在、クーガは地下室にてクライシスの治療を受けている。

俺の魔力を魔石に移し、それを少しずつクーガへ注入してもらっている、人間でいう点滴治療のようなものだ。

クライシス曰く、魔力の使い過ぎによる極度の疲労、ダメージによる弱体化が起きているという。

魔獣の肉体組成は独特で、霊質と物質の半々で構成されている。

食物では無く、周囲の魔素、魔力を栄養源としているため、飲食を必要としない。

魔素、魔力があれば多少の怪我は治ってしまう。

しかし幼生体といえど魔獣は魔獣。そこらへんに漂っている魔素だけでは到底足りないし、仮にその全てをクーガが吸収してしまえば、約五キロ圏内の空間の魔素が枯渇し、圏内にいる人全てが死亡してしまいかねない。

なので、俺に内在する無尽蔵とも言える魔力を治療に充てているというわけだ。

用意された魔力貯蔵用の魔石は計十個。

この魔石一つに溜められる魔力は、上級魔法を二、三発は発動出来るほどの量だという。

夜通し魔力を注入していけば、明日の朝には元気になると太鼓判を押された。

そしてクライシスから追い立てられるように、早く寝ろと言われたので寝室へ上がってきたのだ。

何でそんな魔石があるのかと聞いてみたが、「昔取った杵柄だ」と一蹴されてしまった。

「くあ……明日が楽しみだ」

ランチア守護王国の伯爵、クロムから譲り受けたラビリンスシーカー——迷宮の場所を教えてくれる魔法具——を握り締め、期待に胸を膨らませながら眠りについたのだった。

「おら起きんかい！」

『マスター！　起きてくださいマスター！』

次の日、騒々しい二つの声と、カーテンから漏れた陽光で目を覚ました。

「ん、おはようございます……」

『マスターマスター！』

寝ぼけ眼（まなこ）の中で、顔面を生暖かい巨大な舌でベロベロと舐め回される。

「わぶっ！　ちょばか……やめ……舐めるなっ！　元気になったみたいだなクーガ！」

「おはようさん。ワンコロが元気になったついでに起こしに来たぜ」

クライシスの声もするし、無事に回復してくれたようだ。

目を開けて確認すればいいのだが、クーガの舌の勢いが強くて開けられないし、言ってしまえば呼吸すら危うい。

『マスター！　マスターのおかげです！　さあ起きてください！』

「んー？　ワンコロが舐めすぎて起きれないんじゃねーか？」

『そんな！　マスター！　しっかりしてください！　ムグッ！』

喋ることすらままならないので、手探りでクーガの口を探し両手で引っつかむ。

口だけでもかなりデカいので、上下に挟み込むような形でないと、巨大ナメクジのような舌は押さえられない。

「っぷあ！　舐めすぎだよもう！」

「うわ……ヨダレでベトベトじゃん……えんがちょ」

「おはようございますクライシス。ありがとうございました。にしてもえんがちょて……一周まわって最先端なその謎言葉やめません？」

口を押さえ込まれてじたばたもがくクーガの顔を、横に無理矢理押しやって、ベッド脇で腕を組むクライシスへ挨拶をする。

「っせぇ！　これは古きよき時代をだなぁ！」

『むぐー！　むふー！　まふはー！』

「何にせよ起こしてくれてありがとうございました。……危うく寝過ごす所でした」

サイドテーブルに置かれた時刻盤に目をやれば、集合時刻まで数時間しかない。

急いで準備しないとかなりバタバタになってしまう。

「でも良かったよクーガが回復してくれて」

『っぷは！　マスターの偉大な魔力のおかげです！　先日の事はあまり記憶にありませんが、何だかスッキリしております！』

ベッドに前足を乗せる形になっているクーガの尻尾はちぎれんばかりに振られており、クライシスはもさもさと揺れる尻尾をやや鬱陶しそうにしている。

「ん、そっかそっか！　これからはクーガとも遊んでやるからな、ごめんな」

『はて……？　マスターが謝ることなど無いと思うのですが……遊んでいただけるのであればこのクーガ、お言葉に甘えさせていただきます！』

「なんでもいいけどよ。迷宮に行くんだろ？」

クーガの尻尾を片手であしらいながら、少し仏頂面になったクライシスが言った。

「はい。昨日の夜お話しした通り、白金等級の方々が付き添いで来てくれます。なのでこちらは必要最低限の装備と物資だけ用意すればいいそうです」

「ふむ……心配ってわけじゃねーけど、迷宮ってのは絶対に油断しちゃなんねー場所だ。それがどんだけ探り尽くされた迷宮でもな。今の白金等級が、どれ程実力があるか知らねーが……ぬかるなよ」

「……はい。分かりました。いざとなれば全力で逃げますので」

「おう。飯はこさえてある。しっかり食ってけ。それじゃ俺はちょっと出掛けてくる」

「はい！　ありがとうございます！　行ってらっしゃい」

珍しく真剣な顔で言うクライシスの雰囲気に呑まれかけたが、その表情もすぐに影を潜めた。

ふっ、と小さく笑ったクライシスは扉を開け、片手をヒラヒラ振りながら出て行ってしまった。

独り立ちをしようとしたのに、結局クライシスの世話になっているな、と自嘲し、ベッドから抜け出す。

部屋が別にあり、屋敷自体も広いので森にいた頃とはかなり違うし、クライシスもふとした時にしか顔を見せない。

巷で流行りのルームシェアのような感覚だ。

「よし！　それじゃさくっと食べて、さっさと準備して出るぞクーガ！」

『オン！　全回復したこの私の力、きっとお役に立ってみせましょう！』

ぐっと伸びをしてからカーテンを勢いよく開ける。

なだれ込んでくる陽光の波に目を細めながら、今日は頑張ろう、と小さく拳を握るのだった。

「やぁフィガロ。調子はどうだい？」
「おはようリッチモンド。昨日はよく眠れたし、いつでも行ける」
「そりゃよかった。クーガ君だっけ？　改めてよろしく頼むよ」

『うむ。一皮向けた私の力、見せてやろう』

「お、いいねぇその意気だ」

自由冒険組合の扉の前でリッチモンドと待ち合わせ、一緒に扉をくぐった。

フォックスハウンドとして活動するのは、実質的に今日が初めてであり、迷宮への挑戦ということもあり、胸が高鳴って仕方ない。

シャルルは公務が終わり次第、連絡をくれるという。合流はそれからだ。

俺とリッチモンドに追従するクーガの姿を見て、後ずさる者、好奇の視線を投げてくる者、ひそひそと話している者――相変わらず、冒険者達が様々な反応を見せてくれた。

受付嬢に軽い会釈(えしゃく)をして階段を上り、オルカの執務室前へとやって来た。

「なんや支部長、えろう気に入ってまんな」

「支部長がそこまで推(お)す冒険者、早くお目にかかりたいものだな」

「まぁまぁ、もうすぐ来るはずですよ？　でも支部長曰く私達とは面識があるとか……？」

「九等級だろ？　面識があったとしても覚えていないだけとか」

「興味……深い……」

扉を叩こうとした時、中から複数の話し声が聞こえた。

どこかで聞いたことのある声だが、思い出せない。

男が三人と女性が二人、といった構成だろうか、この時間この場所にいるということは俺達に随伴する白金等級（プラチナム）の冒険者パーティだろう。

「はっはっは！　うかうかしているとお前達なぞ、すーぐに抜かれてしまうかもしれんな！　後塵を拝さないよう励めよ？」

「はんっ！　新人にあっさり抜かれるほど、ヤワな鍛え方はしてねーよ」

「同意……見くびらないで欲しい」

オルカの豪快な笑い声の後に、不満そうな声が上がる。

彼らの言うことはもっともであり、こちらとしては後塵を拝する気持ちしかないのだが。

「ほらほら、何をぼさっとしているんだい？」

「そうだな。いこう」

軽く拳を握り、扉を叩く。

コンコン、と小気味良い音が響き、中の会話もそれで中断したようだ。

「入りたまえ」

「失礼します」

「「「「げぇっ!!」」」」

扉を開け、中に入ると見立て通り男性が三人、女性が二人の冒険者がカウチに座り紅茶をすすっていたが、俺達が部屋に入るなり、揃ってそんな声を上げた。

げぇって……。

冒険者達は見るからに歴戦の勇士の雰囲気を漂わせており、言葉とは裏腹に隙が無い。

手元にはそれぞれの得物が置かれており、いつでも動けるぞ、という意思表示にも見える。

「初めまして、フォックスハウンドのフィガロと申します。この度は昇格試験にご随伴くださり、誠にありがとうございます」

「どうも。リッチモンドと言います。職業は魔道砲撃士ですが、肉弾戦もそこそこイケますよ」

『クーガだ。マスターのま……従魔をしている……ん？　マスター、この方達は』

こういう場合、先に会話を切り出した方がペースを掴めるため、固まっている冒険者達には触れず挨拶と口上を述べた。

締めにクーガが挨拶をして終わりなのだが、何かに気付いたようにクーガがこちらと冒険者達を交互に見る。

「おはよう、フォックスハウンドの諸君。この者達が今回君達の観測者、白金等級(プラチナム)パーティ、ブレイブの面々だ」

「リーダーのバルティーだ。久しぶりだな」

「カーチス言います、よろしゅう頼んます」

「ノースロップイヤー……ノースでいい」

「タッカーだ。相変わらずチグハグな組み合わせだなぁ」

「ベルよ。そこの魔道士さんは初めましてよね？」

オルカの紹介の後、一人ずつ立ち上がって名乗るブレイブのメンバーを見て、遅まきながら思い出した。

組合の中でクーガが遠吠えをして、低等級の冒険者達を失神に追い込んでしまった事件の際に、いち早くこの執務室へ飛び込んできた面々だった。

「皆さんはあの時の……ご無沙汰しております。その節は大変ご迷惑をおかけしてしまい、申し訳ございませんでした」

「いいさ。俺達こそ取り乱して無様な姿を見せちまったな。改めてよろしく頼むぜ？　期待の新人君？」

タッカーはそう言うと手を差し出し、握手を求めて来た。

その後はメンバー全員と固い握手を交わし、自己紹介や役割の話など軽い歓談が行われた。

リッチモンドは多くを語らずにいたが、クーガはブレイブの面々にモフモフを提供して、距離を縮める事に成功していた。

クーガは魔獣といえど狼タイプのモンスターなので、慣れてしまえば大型の犬と大差無いんじゃないかと、最近は思い始めている。まぁサイズは規格外だけれども。

「皆さんお待たせいたしました！　馬車の用意が整いましたので、速やかにご乗車くださーい！」

執務室の扉が開き、いつもの受付嬢が飛び込んできた。

まずブレイブの面々が部屋を退室し、俺達フォックスハウンドもそれに続き部屋を出る。

「フィガロ君。くれぐれも気をつけるんだぞ？」

「大丈夫ですよ支部長。ヤバくなったら全力で逃げるとお約束いたします」

「うむ。私から迷宮入りを勧めておいてなんだが……バックアップは任せておけ。そのための物資も潤沢に積み込んであるからな！」

「はい。ありがとうございます。それでは」

扉の前でお辞儀(じぎ)をし、静かに扉を閉める。

階下は騒々しく、ブレイブの面々を応援する冒険者達の声が上がっていた。

白金等級(プラチナム)と言うだけあり、知名度はかなり高いようだ。

ざっと見回しても例のトムの姿は無く、トラブルも無く出発出来そうだ。

生唾を飲み込み、軽く頬を両手で叩く。

「よし！　行くぞ！」

一人気合を入れて階段を降り、喧騒をかき分け、皆の待つ馬車に乗り込むのだった。

◇　◇　◇

天気は快晴。雲一つない青空を、渡り鳥らしき一群が飛翔していく。

柔らかな風が草原を吹き抜け、腰ほどもあるノアザミやホウセンカが、くすぐったそうに身を揺らした。

もうすぐ豊穣の月となるにもかかわらず、野に咲く草花は元気に陽光を浴びている。

ランチアは年間を通して過ごしやすい気候だが、豊穣の月を越えると少しずつ気温が下がっていく。やがて草原の様子も一変し、違う一面を見せてくれるだろう。

四季折々の草花や木々が集う、完結された世界の草原で、俺達は馬車に揺られていた。

大型の幌馬車が二台、並走するように道を進む。

大型の馬車といえどクーガを乗せることは難しいので、クーガには付かず離れずの距離を付いてこさせている。

リッチモンドは目を伏せ、荷台に体を転がしていて会話をするつもりはないようだった。

俺とリッチモンド物資用の馬車に乗っていた。

ブレイブの面々からは、一緒に乗ればいいのにと誘われたのだが、あえて断った。

彼らには、シャルルのシキガミの事を悟られたくないのだ。

それはなんだ、どういう仕組みだ、などと突っ込まれても煩わしいし、今後シャルルが合流する際には、この木像が動き出すことになる。

何より、あまり無駄な時間をかけたくなかった。

「迷宮か……どんな所なんだろう」

「文献では見たことがあるけど、実際に行くのは僕も初めてだよ」

思わず出た俺の呟きに反応し、荷台に転がっていたリッチモンドが、目を閉じながら口を開いた。

「何だ、起きていたのか」

てっきり寝ているものだとばかり思っていたので、嫌味でもなんでもなく、純粋に出てきた言葉だった。

それに対し、リッチモンドは口角を上げ、少し微笑みながら言った。

「おかしな事を言うね？　僕はアンデッドだよ。睡眠なんて必要ないし、疲労だって感じない」

「そうだったな」

なんだかんだでリッチモンドは人間臭い所があるので、つい普通に接してしまうのだ。

紅茶を嗜み、人間と冒険を望むアンデッドがどこにいるだろうか？

おそらく世界中探してみても、リッチモンドのようなアンデッドは見つけられないだろう。

「そういう所、だよ」

「何がだ？」

「フィガロはべらぼうに強いくせに、ちょっと抜けてる所があると言うかね。ほっとけないのさ」

「う……否定出来ないのがつらい」

『マスター、リッチモンド殿。何やら……砦のような建物が見えてきました。あれが目的地なのですか？』

幌馬車から顔を出して先の方へ目をやると、確かに小さいながらも堅牢そうな建物が少しずつ近付いて来ている。

建物の周りには、ただただ草原が広がっているばかりだ。

「あぁ、多分な。あれが……迷宮【ヴァリアントの回廊(かいろう)】……」

無意識に喉が鳴り、体に緊張が走るのが分かった。

しかしリッチモンドは飄々(ひょうひょう)とした様子で冷静に答える。

「と言ってもその入口を管理してる場所、だろうけれどね」

そうこうしている内に馬車は建物の前に横付けされ、ブレイブの面々が建物に入っていく。

「よっ。着いたぜ新人」

「タッカー、さん？」

「そうそう。覚えてくれて嬉しいぜ。因(ちな)みに俺はナックルファイターをやってる。近接同士仲良くしようぜ。さて、着いてそうそうだが荷降ろしを手伝ってくれないか？」

「かしこまりました」

馬車から降りた俺達へ気さくに話しかけて来たのは目の細い青年、タッカーだった。

体はスマートに鍛え上げているのだろう。細めに見えるが、無駄な筋肉をそぎ落としているようだ。

ナックルファイターは文字通り、自らの拳で戦う近距離特化型の職業だ。華麗なステップと手数の多さで相手を叩きのめす戦法を得意とする。

装備も軽さを意識して、ライトメタルや強化合成革をメインに作られた軽鎧やグリーブを装着している。

今は指抜き手袋をしているが、迷宮に入る際はガントレットやナックルをつけるのだろう。

「ここが迷宮の入口なのですか？」

「あん？　そうだぜ、と言ってもここは、組合が管理してる場所だからな。一般人や冒険者が無断で入らないように、迷宮の上に管理所を建ててんのさ。ここは中堅冒険者達の修練場でもあるんだぜ？　何しろモンスターどもが腐る程徘徊（はいかい）してるし、地下に張り巡らされた迷宮の道は驚くほど広い。今は別の白金等級（プラチナム）が最下層に潜って探索してるって噂（うわさ）だ」

「へぇー……お詳しいのですね」

「そりゃ五年も冒険者やってりゃあな？　ま、俺達ブレイブは迷宮でバカスカ戦うよりも、未開の探索や未知の発見に力を入れてる。あぁ誤解のないように言っておくが、この迷宮の八十階層までは何度も来てるんだ。大船に乗ったつもりでいてくれ！」

「はい。よろしくお願いします」

堅牢な造りの管理所内へ荷物を運びながら、タッカーは色々と話をしてくれた。

リーダーであるバルティーは剣士で、剣と盾をメインに戦う近接職。

変わった喋り方のカーチスは重装闘士で、頑強なフルプレートメイルに身を包み、大盾とハンマーで道を切り開くブレイブの壁役。

口数の少ない小柄な女性、ノースロップイヤーは、治癒や補助、防御魔法をメインとする法術治療士で、なんと獣人と人間のハーフだった。肩まである茶色い髪の中には、獣人特有のケモミミが隠れているそうだ。

大人のお姉さん然としたベルは、後衛の魔法弓術士という少し変わった職業で、魔法で形成した弓に、同じく魔法で形成した特殊な矢を用いて戦うらしい。魔法の矢は、狭い空間でも狙い通りに相手を射抜き、洞窟や閉所の戦闘でも頼りになるのだとか。

ブレイブの戦歴は長く、五年前にパーティを結成して以来、ずっと一緒に生活している家族みたいな存在だと言っていた。

「大先輩ですね」

「よせやい。そんな大それたモンじゃねえ、自分の好きな事やって我儘（わがまま）に生きてる、風来坊みてーなもんさ。お国のために働く兵士さん達の方がよっぽど偉い」

「そんな事はないと思いますが……ですがそれでも皆さんは私の先輩です」

「あんがとよ。しっかしやけに丁寧な喋り方するなぁ。貴族のお坊ちゃんみてーだ」

「あはは……これは私の処世術のようなものです」

「ふうん……よく分からねーが、大変なんだな。あ、それはこっちにくれ」

馬車に積んでいた荷物を、俺とタッカー、リッチモンドの三人がかりで運び出し、ベンチで腰を落ち着けていると、クーガがブレイブの女性二名に、色々と質問責めにあっているのが見えた。

クーガも実に大人しく座り込み、何やかんやと話し込んでいて関係は良好なようだ。

管理所の人間が馬車から馬を外し、馬小屋へ連れて行くのを横目で見ていた時、建物からバルティーとカーチスが書類を持って出て来た。

「手続きは終わった。あとは装備のチェックと昼食をとり、準備が整ったら出発だ」

「フィガロっちとリッチモンドはん、支部長のお墨付きらしいなぁ期待してまっせ？」

「あくまでも私達ブレイブは、フォックスハウンドの観測者。共闘するわけじゃないから、そのつもりでね？　もちろん危ないと思った時や、介入すべきと判断した場合はお邪魔させてもらうわ」

「クーガ……少し狭いかもしれない……がんばろ」

『私はあまり動けそうにないので殿（しんがり）を務めさせていただきます』

「なら僕とフィガロとで先頭だね。ツーマンセル、僕が後衛、フィガロが前衛、これでいいかい？」

「あぁ。それで行こう」

今後の予定が決まり、皆で建物に入り併設されている食堂にて、昼食を取ることになった。

食堂といっても調理師がいるわけでもなく、コンロと水場、イスとテーブルがあるだけの簡易的な場所で、キャンプ地のような雰囲気だ。

食堂内にはチラホラと他の冒険者の姿もあり、これから迷宮入りするのか、それとも探索を終えこれから帰るのだろうか。

あまり美味（おい）しいとは言えない携帯食を食べようとした時、目の前に木製のボウルが置かれた。

ボウルの中には白い液体が注がれており、良い香りと共に湯気がゆらゆらと上がっていた。

「食いなよ」

「え……でも……」

「ベルお手製のシチューだ。うまいぜ？」

タッカーが横に座りながらボウルをスプーンで指し示す。

食え、という事だろう。

周りを見ればブレイブの面々と、ちゃっかりリッチモンドもシチューに舌鼓を打っている。

アンデッドでも味が分かるのだろうか、と素朴な疑問を抱きつつも遠慮がちにシチューをすくう。

「いただきます……」

「はーい。私のシチューは栄養ばっちりよ？　これからしばらくまともな食事が取れないからね、しっかり食べて元気をつけて頂戴ね」

斜め向かいに座っていたベルが手を軽く振りながら答えてくれた。

良い人達だな、と胸を震わせながら湯気の立つシチューを頬張る。

まろやかな乳の味と野菜の旨味が程よく調和しており、短時間で作った物とは思えない一品だった。

シチューを数度頬張ると、温かい味が五臓六腑に染み渡る。追加で置かれた胚芽パンを千切ってシチューに浸す。

保存が利くよう作られた胚芽パンは、半分乾燥していて少し硬いが、それがシチューの水分をみるみる吸っていきプルプルのパンへ早変わりした。

プルプルになったパンをスプーンで軽くほぐし、口へ運ぶ。

とても幸せな時間だった。

この後に待ち構えている迷宮への活力は十二分に蓄えられそうだ。

『こんこん、フィガロー。終わったわよ！』

「シャルルか」

食事を終え、戦いの前の休息をとっている時、ようやくシャルルから連絡が入った。

『遅れてごめんね、合流して大丈夫かしら？』

「ちょっと待って、人のいない場所に移動するから」

そう伝えた俺はそそくさと外に出て、シャルルにオーケーを伝える。

するとポーチから光が零れて、シキガミの木像が大人シャルルの形を取った。青と白を基調としたドレス調の服の上に、ライトメイルを装着している。

『お待たせ』

「今日はそっちの姿なんだな」

『そりゃあ迷宮に行くんだし？　お狐様の方がよかったかしら？』

「俺はどちらでも構わないよ。同行してくれる冒険者達には遅れて来たって説明するから、話を合わせてくれよな」

『任せて！』

「それじゃ行こうか」

『れっつごー！』

◇　◇　◇

迷宮へは管理所の地下にある階段から行くことになっている。

階段の横には昇降機が併設されており、等級が上がれば任意の階層から入れるようになっているらしい。

当然俺達は階段から入り、一階層からのスタートとなる。

俺、リッチモンド、クーガ、そして遅れて合流した大人シャルルという編成で、その後ろをブレイブの面々がついてきてくれる。

「では行くぞ。各々用意はいいか」

ブレイブリーダーのバルティーが、真剣な面持ちで居並ぶメンバーを見渡し、それに応えるように各自首を縦にふる。

白金等級(プラチナム)だからと言って、一階層からの魔物を舐めてかかるような人達ではないのだろう、ブレイブの面々からはそんな心構えが伝わってくる。

「では行きます。ブレイブの皆様、よろしくお願いいたします」

階段への扉に手をかけ、ゆっくりと押し開くと、何とも言えない奇妙な空気が漂って来た。

話によれば、四十五階層までは灯りなどの設備がきちんと整っており、悪質なトラップなどもないが、はびこるモンスターは日常的に増え続けているそうだ。

モンスターの発生原因は、現状分かっていない。

ただ、道具、武器、防具、日用雑貨など様々なものに使われるモンスター素材が安定して供給されるのは確かなので、皆さほど気にはしていないらしい。

腕が良ければ一ヶ月迷宮に籠って素材を集め、換金したお金で一ヶ月ほど休む、という生活を繰り返す冒険者もいるとかいないとか。

だが増え続けているといっても広大な迷宮の中、まとまった数と遭遇するのは極めて稀なケースだと言われた。

多くても最大六匹から八匹程度らしいので、気を抜かず確実に処理していけば後れを取ることはないと思われる。

下層域と呼ばれる四十六階層からは整備が進んでおらず、内部は非常に暗い。

モンスターの強さも跳ね上がり、未だ至る所に自然のトラップが隠れていて攻略難度が非常に高いらしい。

そんな風に脅されたが、とりあえずは目の前の階層をクリアしていかなければお話にならない。

「そいやっ」

「【ストーンダーツ】」

『【アースピラー】』

十字路で出くわした、一メートルほどの大きさのポイズンワーム五体のうち、先頭の一匹を俺が一刀両断し、背後からリッチモンドの放った石の針が、もう二体のポイズンワームを貫く。

そして残りの二匹は、シャルルの放った魔法により串刺しになり事切れた。

現在は順調に進み、一階層から四階層までを通過し五階層に入った所だった。

「いやあ……この子らホンマに九等級かいな……」

「唖然……」

背後からカーチスとノースの呟きが聞こえて来たが、そこまで言うほどだろうか？　と思う。

「普通は物怖(ものお)じして、多少まごつくんだがね……こりゃ俺達やることねーやな」

「支部長が推すだけの実力はある、と言う事だな」

「この調子で行けば、二、三日で目標階層まで行っちゃうんじゃないかしら？」

タッカーとバルティーが妙に納得し、ベルが嬉しそうに手を叩く。

迷宮に入ってから早数時間が経過しているのだが、戦っている時間より歩いた時間の方が長いような気がする。

出てくるモンスターは獣型、虫型、不定形型と実にバリエーションが豊富だった。

中には初めて見るモンスターの姿もあり、若干の興奮を覚えたほどである。

てっきりゴブリンやオークなども出てくるのかと思いきや、この迷宮で人型モンスターは確認されていないという。

獣型や虫型であれば、攻撃も単調でスピードもさほど無いのだから、大した脅威にはならないし足が止まる前に処理する事が出来た。

「けどこっからはそうもいかへんで？　迷宮独自の変異種なんかも出て来よるさかい、苦戦は免れんやろな」

「ミネラルタートル……とか……」

ノースがポツリとモンスターの名を呟いたのと、それが出て来たのはほぼ同時。

鈍く光る甲羅を背負った六足の亀が四体、行く手を阻むように現れた。

「ノースが余計な事言うから出てきちまったぞ？」

「私の……せいじゃ……ないでしょ」

ミネラルタートルと聞いて思い浮かぶのは、鉱物を食料とする変わった種類のモンスターだ。

主に山岳地帯や洞窟などに棲息するモンスターであり、繁殖力が強い事と、それまでに食べた鉱物で体組織を変質させる事が特徴のはず。

機動性は低いが、頑強な鎧にも似た甲羅と硬質化した皮膚は生半可な武器では通用せず、武器の劣化を早めるだけだ。

鉱物をも溶かす特殊な胃液を吐き出してくるので、かなり厄介な相手と言えた。

だがそれが通用するのは一般的な話であって、俺達に通用するわけじゃあ無い。

「どうするフォックスハウンド。ここで躓いては先に進むのは難しいぞ？」

「バルティー、バルティー。腕組んでカッコつけるのはいいんだがよ。もう終わっちまったぞ」

「何!?」

「あんさんが目え瞑って、キメ顔しとるからや」

ミネラルタートルの表皮と甲羅を見るに、主食としているのは岩や小石などだろうと推測した俺は、近くに転がっていた拳大の岩で思い切り殴りつけ、頭部を叩き潰したのだ。

剣で切れないのなら叩き潰せばいいだけの事で、リッチモンドもシャルルも土属性の魔法で同じように圧殺していた。

岩などの硬い物質は、同じ硬度のものをぶつけてやれば、案外簡単に破壊出来るものだ。

「ば、ばかな……」

ちらりと後ろに目をやれば、バルティーが信じられないものを見た、と言わんばかりの驚愕の表情をしていた。

「対抗策として……完璧……」

「ねー。実に鮮やかだったわ。もしかして前にどこかで戦った事があるとか？」

「そ、そうだな！　きっとそうに違いない。一瞬で相手の特性を見抜き、それに対応した攻撃手段に切り替える。うむ、見事だ」

バルティーがベルの言葉に納得し、大仰に頷いていた。

戦ったことはないし、文献で知っていただけの話なのだがそれは言わないでおこう。

ノースに完璧な対抗策と言われ、少し嬉しくなり微笑みが溢れる。

「ねぇフィガロ。こんなのがずっと続くのかい？」

『何だか単調ね』

リッチモンドとシャルルが、ブレイブの面々に聞こえないように、こっそり耳打ちをして来た。

「あー……多分、そうだろうな」

上級アンデッドのリッチモンドからすれば、この程度の相手なんて目を瞑っていても瞬殺できるだろうし、シャルルは城で宮廷魔導師に直接指導を受けているサラブレッドだ。

上階層の雑魚モンスターとは元々の地力が違うのだから、単調に感じてしまっても致し方ないだろう。

「はぁ……」とため息交じりにリッチモンドがこぼした言葉には、倦怠感が強くにじみ出ていて、彼的には退屈で堪らないのだろうな、と思った。

どうやら強すぎるというのも、考えものらしい。

逆にシャルルは鼻歌交じりに進んでいて、戦闘は単調なれど楽しんでいた。

その後は順調に階を下り、現在は迷宮内に作られた小部屋にて、野営の設営を行っている。

「やれやれ……一日で八階層まで来てしまうとはな……」

テントを張り終わり、地面に座り込んだバルティーが溜息と共にそんな事を口にした。

「苦戦……ていう言葉を……知らない」

「俺らの最速記録、抜かれちまったなぁ！」

タッカーとノースが食事の準備を行いながら、バルティーに相槌を入れる。

食事と言っても、携帯食料と具無しの粉末スープの取り合わせなのだが、こういうのは雰囲気が大事だとベルが言っていた。

「いやぁ……なんと言いますか……へへ」

『私達が力を合わせればこんなものよ！　えへん！』

どう反応していいか分からず、俺は何とも気の抜けた返事をしてしまったが、シャルルは実に誇らしそうに胸を張った。

ちなみに、ブレイブがいる手前シャルルと呼ぶわけにもいかないので、彼女はシャールという偽名を使っている。

「そう、シャールちゃんが言う通り、僕達フォックスハウンドなら当然だよ」

『私は後ろをついて行くだけのお仕事でした……』

リッチモンドが、クーガにブラッシングをしながら得意げに鼻を鳴らし、クーガは寂しそうに鼻を鳴らした。

クーガの装具は上の管理所へ預けてきたので、遺憾無く力を振るう事が出来る。が、その機会はあまり訪れそうに無かった。

「シャールさん、だっけ？　あなた戦闘の時に、少し前に出過ぎる時があるわ。きちんと自分の戦闘ラインを見極める事が大事よ」

『え？　あ、はい！　ベルさんの言葉は勉強になるわ！　もっと色々教えてくださいね』

出来上がった食事は水で溶いた粉末スープで干し肉と乾燥野菜を煮込んだものと、乾パンという簡素なものだった。

しかし、大勢で鍋を囲んで取る食事というのは初めての経験で楽しいし、何より迷宮内で食事をしているのだ。テンションが上がらないわけが無い。

シャルルはベルとノースと三人で後衛談義をしているし、俺とリッチモンドはバルティー、タッカー、カーチスと共に迷宮の話で盛り上がった。

楽しい時間はあっという間に過ぎ、やがて就寝となった。

明日からは進行ペースをもっと早めて行こうと胸に決め、寝袋にくるまったのだった。

◇◇◇

翌日、軽めの朝食を取ってから俺達は下層へと進んで行ったのだが、出てくる敵の強さは大した事ない。

サクサクと敵を倒して進んでいくと、やがて奥行百メートルはありそうな広間を見つけた。

「パッと見、何も無さそうだね」

「そうだな」

リッチモンドの言葉に頷く俺。

『えー？　でもちょっと見てみようよー』

広間の前で俺達が問答をしていると、バルティーが気になる一言を発した。

「おかしい……ここにこんな広間なんて無かったはずだ」

「そうやなぁ。階層形成が変わったんでっしゃろか」

「いや、ここに来るまでの道は変わってねぇ。何かあるな」

ブレイブの面々がそう言うなら、俺達の答えは決まっている。

「では行きましょう！」

「だね。先達方が初見であるなら行くべきだ」

『ドキドキするわ！』

「いいだろう、入ろうか。我々も少し気になるしな。だがくれぐれも油断するなよ」

俺達の前に、すでに誰かが入っているかも知れないけれど、初めての可能性もある。

やがて、広間の中心にたどり着いた時だった。

――――ゴゴゴゴ……。


「えっ」

「しまった！」

背後から不意に聞こえた地鳴りのような音と、俺とバルティーの声がハモったのはほぼ同時だった。

振り返ると、入口が岩で閉ざされていく。

「えっ……と……これは？」

「ブレイブ！　戦闘準備！」

ブレイブは皆武器を構え、後衛のベルとノースを囲むように陣形を組んでいた。

バルティー、タッカー、カーチスの三人は油断なく周囲を見回していて、次の動きに備えている。

「フィガロ！　何だか分からないけど敵の気配がする！」

『しかも……かなり大量によ！』

『マスター、楽しくなりそうです！』

どうやら状況が呑み込めていないのは俺だけらしい。

「あの、バルティーさん？」

「フィガロ！　抜かるなよ！　ここは【巣】だ！」

「巣ですって!?　分かりました！」

「全員に……補助魔法かけた……！」

「巣なんて久しぶり、ドキドキしちゃうわ！」

「来よるで、お三方！　気張りや！」

カーチスが声を上げると同時に、広間の三方向――正面と左右の壁がゴリゴリという音を立てて開き、中から無数のモンスターが濁流のように溢れ出てきた。

「凄い数だ……」

迷宮の巣とは、ごく稀に生成されるトラップルームの俗称だ。

巣という名が付いてはいるが、モンスターが繁殖している訳では無く、迷宮のあらゆる場所からモンスターが転送されてくるのだ。

ここは迷宮に入ってきた人間を捕食する部屋であり、ここで死ぬと、迷宮の養分として骨はおろか肉片一片、髪の毛一本すら残さず綺麗に吸収されてしまう。

もちろん、獲物となった人間が戦ったモンスターも同様に、だ。

よってモンスターの素材も集めることが難しい、メリットが一つも無い悪夢のような場所と言えた。

しかし迷宮の巣は、総じて迷宮の下層階に生成される事が多く、上層階では滅多に見られない。

この巣から脱出するには押し寄せる夥しい数のモンスターを倒し続け、湧き出す元となるコアを破壊しなければならない。

そして巣に入り込んだ人間の生還率は、約四割と言われている。

「ここが迷宮でなけりゃ……炎で焼き尽くしちゃうんだけどねぇ……よっと」

「出来ない事を嘆くより、効果的な対策とか無いのか？」

三方向から押し寄せるモンスターの群れ。そのとめどない歓迎を受けながらも、リッチモンドと俺は的確に処理を続けた。

ブレイブの面々も同じだ。

乱戦となり、タッカー、カーチス、バルティーの緊迫した声が飛び交い、ベルが放つ魔法の矢が十数匹の魔物をまとめて打ち抜いた。

『さあ来い有象無象ども！　このクーガが礼節を持って葬ってやろう！』

『ひぃいいい！　虫！　虫はダメぇぇえ！　いやっ！　こっち来ないで私を見ないでそこから動かないでえぇえ！』

「やれやれ……一人、緊張感ゼロな子がいるねぇ」

ここにいるのはあくまでシャルルのシキガミであり、シャルルの本体ではない。実害が無いのだから、緊張感に欠けても仕方ないかもしれない。

当人はと言うと、キャーキャー騒ぎながら、自然魔法と通常魔法を織り交ぜた猛攻を、モンスターの群れに叩き込んでいた。

迫り来るモンスターの種類は不定形、虫型、獣型という塩梅（あんばい）。

シャルルのいる方向に開いている穴からは、体長三十センチはある中型の虫型モンスターが、百や二百ではきかないぐらい這（は）い出てきている。

あの量は虫が平気でも、キツイものがある。

「フィガロ！　大丈夫か！」

「え？　あはい、平気です！」

「……随分と余裕そうだな……」

「えぇまぁ、ブレイブの皆さんも結構余裕そうですね」

「このくらい——第一ウェーブくらいなら労せず処理出来る。上層階のモンスターしか出て来ないからな。問題は第三ウェーブだ、それまでに脱出しなければ、下層階のモンスターがワラワラと出て来るぞ」

「下層階……強いのですか？」

「あぁ、強い。小型から大型、種類は上層階とあまり変わらないがその強さは段違いだ。フィガロ達が後れを取るとは思っていないが、早めに脱出するに越したことはない」

「そうですね。どうしますか？」

「三方向の湧き部屋を同時に攻める。三点突破だ」

「なるほど。案がおありで？」

「フィガロはリッチモンドとシャールを連れて、正面の湧き部屋を攻めてくれ。カーチスとタッカー、ノースは右、そして俺は、ベルに……クーガ君を借りたい」

「クーガをですか？　構いませんけど」

「ありがとう。即断即決が出来る人間は生き残りやすいぞ」

「光栄です。クーガ！　聞いたか！」

『は！　マスターの決定であれば私はどこへでも！』

迫るモンスターを足蹴にしていたクーガが野太く一声吼え、全身を震わせた。

リッチモンドとシャルルに視線を飛ばすと、二人も頷いて作戦を理解したようだ。

「カーチス！　聞いたな！　やるぞ！」

「あいあいさー！　ほなちょっくら本気で気張りまっせ！」

ブレイブのメンバーは声をかけるよりも早く陣形を動かし、いつでも行ける、と目で合図を送ってきた。

これが歴戦の冒険者、白金等級の実力に裏打ちされた連携力かと、俺は場違いながらも心が震えた。

誰一人焦ることなく状況を判断し、素早く行動に移す。言うのは簡単だけれど、それを実行に移すのは至極難しいものだ。

「しかし数が多いな……少しでも減らしておきたい」

『マスター、数を削れば良いのですか？』

俺の呟きにクーガが反応した。

「あぁ、出来るか？　あまり派手な事はするなよ、ここは地下なんだ、崩落する危険がある」

『は、十分に留意の上にございます』

「よし、頼んだ！」

『お任せを！　アォォォーーン！』

押し寄せるモンスターの波の中にクーガの遠吠えが鳴り響き、その巨体の周囲が陽炎のように揺らめいた。

「何をするつもりだクーガ君！」

『見ているのだな人間、この私の華麗なる美技を！』

「ブレイブの皆さん！　リッチモンド！　シャール！　クーガの後ろに下がるんだ！」

クーガの周囲に揺らめく陽炎から青白い炎が噴き出し始め、さらにその炎はパリパリという音と共に白い閃光をまとい始めた。

「おい、クーガ……それって」

『ウンヴェッターの力は凄まじいものでした。私の中にその力が留まるほどに、強く、美しかったのです』

「まさか お前……ウンヴェッターの雷撃を？」

『いかにも！　私の力と、かの精霊の力は混ざり合い、溶け合い、さらなる段階へと昇華いたしました！』

「さらっと凄いこと言うな!?」

マジかよ。こいつウンヴェッターの雷撃を吸収して自分の物にしたってのか？

とんでもないスペック持ってるんだな、さすが魔獣だよ。

そんな事を考えている俺の目先では、クーガの圧力に押されているのかモンスター達が一定の距離を保っている。

モンスターの本能が足止めをさせているのだろう。

パリパリという音はバチバチという派手な音に変化し、炎の揺らめきのように周囲を舐め回し、時折伸びる閃光がモンスターの群れに突き刺さって、爆音を立てる。

『それではご覧ください……これが私の新たな力、【ライトニングフレアストーム】！』

ウンヴェッター戦で見せた魔法陣が周囲の空間に浮かび上がり、大きく開けたクーガの口の先には雷をまとった炎が収束し――雷炎の光線となって勢い良く放たれた。

放たれた雷炎は光の速さでモンスターの群れへと突き刺さり、爆音と豪炎を噴き上げる。

そしてクーガが首を左右に振ると、光線も合わせて動き、モンスターの群れを端から端まで薙ぎ払っていった。

やがて雷炎の光線が収まると――広間の床には数条の線が刻まれ、数百体はいたモンスターの群れは跡形もなく消え去っていた。

「な……なんと……！」

「どひゃー……」

「バカじゃん……」

「意味……不明」

「まるで……魔獣のブレスね……！」

その光景を見たブレイブの面々は思い思いの言葉を吐き出し、ポカンと口を開けて脱力していた。

『フシュウウ……いかがでしたかマスター！』

「つよい、やばい」

『ありがとうございます！』

「ぶべっ！　舐めるな！　ちょ舌が熱いから！　あっづぅ！」

丸太のような太さの尻尾をぶん回し、べろりんべろりんと俺の顔を舐め回すクーガ。

雷炎の熱量がまだ多少残っているらしく、舐められた箇所が火傷するのではと思うほど熱かった。

「残党無し……新たに湧き出る様子も無い……という事は第一ウェーブ終了か。クーガ君のおかげでだいぶ時間が稼げたな。よし！　第二ウェーブが始まるまでにコアを潰す！　急げ！」

呆然としていたバルティーが、すぐに気を取り直して的確な指示を飛ばした。

三パーティに分かれた俺達は、急いでそれぞれの湧き穴へと駆け出した。

各ウェーブの間にはインターバルが存在する。

インターバルはその前のウェーブの殲滅（せんめつ）にかかった時間により変動し、殲滅が速ければ速いほどインターバルは長くなる。

クーガの放った【ライトニングフレアストーム】により、ウェーブ開始より僅かな時間で殲滅を成した今、インターバルは十分にあると考えられるが油断は出来ない。

「コアを探せ！」

湧き部屋にはコアと呼ばれる物が存在し、それが迷宮のモンスターを転移させる役割を持っている。

巣から脱出するにはそのコアを破壊しなければならない。

なんでもコアの見た目は悪趣味極まりないものらしく、一目見ればソレと分かるらしい。

バルティーからの激を受け、目標である正面の湧き部屋へと飛び込んでみたものの――

「まぁ、そうだよな」

一寸先すら見えない闇が広がっていた。

「僕は真っ暗でも見えるけどね」

『暗いのは嫌よ？』

「シャールに同感だ。【ライティング】」

「さて、またシャールちゃんが騒ぎ出しても困るから、さっさと壊してしまおう」

『こっここは大丈夫よ！　虫が出て来た穴じゃないもの！』

「はいはい、そうだね」

『もう！　フィガロまで馬鹿にしてぇ！』

「あいてて！　叩くなつねるな！」

「二人共、イチャイチャしてないでさっさと探すよ」

「『あっはい』」

とは言ったものの、湧き部屋は地面がガタガタで大小の岩が転がっているし、天井からはつららのように岩が伸びていて、それらしいモノは見当たらない。

「ここが地下でなきゃ吹っ飛ばして終わりなんだけどねぇ」

「物騒なことを言うなよ」

『ん？　あれ？　ねぇねぇ、これって……それ？』

「え？」

俺とリッチモンドが奥へ歩を進めていると、入口付近で立ち止まっていたシャルルが入口の方を見ながら声を上げた。

シャルルの視線の先を追うと、俺達が入って来た入口のちょうど真上に、垂れ下がった岩の柱に隠れて光る大きなコアがあった。

コアは聞いていた通り、内臓をこねくり合わせて雑に形状を整えたような悪辣な見た目で、血管のような筋が何本も走り、ドクンドクンと小さく脈動していた。

「それだ！　【ストーンブラスト】」

コアを見るや否や、俺は小規模の魔法を飛ばす。

魔法を受けたコアは、水袋が破裂したような生々しい音を立ててはじけ飛んだ。

「これで終わりのはずだ。みんなと合流しよう！」

「そうだね」

『こんな所、早く出ましょ』

「入ってみようって言ったのはシャールだけどな？」

『なによぅ！　フィガロだって賛成してたじゃない！』

「あはは！　ごめんごめん！」

「だから、イチャつくのは他所（よそ）でやってくれないかい？」

「『すみません』」

湧き部屋から戻ると、バルティー組とタッカー組も、ちょうど湧き部屋から出てきた所だった。

皆が視線を合わせ、俺がグッと親指を立てると一気に空気が柔らかくなった。

それと同時に閉ざされていた入口が音を立てて開き、俺達は無事に迷宮の巣からの生還を果たしたのだった。

「いやーーーしっかしなぁ！　クーガおめえ強えなぁ！　何だよありゃあ！」

「ずばーーー！　ごごごご！　どしゅーーん！　て感じやったなぁ！」

「カーチス……語彙力……」

「黙らっしゃい」

「でも本当に凄かったわね、クーガちゃんはひょっとして魔獣だったりして」

「えっ」

「えっ？」

今は十階層へ降りる階段の手前で、夕食の真っ最中だ。ブレイブの面々が思い思いにクーガの感想を述べていると、ベルが不意にそんなことを言い出した。

「ま、まさかー！　そんなわけないじゃないですかー！　どうしてそう思うんです？」

「んー……私ね、一度魔獣を見た事があるのよ。ブレイブに入る前、冒険者になる前の話よ」

「へ、へぇー」

「私の故郷は魔獣に滅ぼされてしまったの。その時に見たブレスによく似ていたものだから、つい……ね」

「そう、だったんですか」

「あっ！　気にしないでね？　だからと言って、クーガちゃんが魔獣なわけないもの。こんなにフワフワで頭が良くて礼儀正しい子が凶暴な魔獣なわけないわ。んふふ」

『そう言ってもらえると私も嬉しいぞベルよ。感謝する』

「どういたしまして。話の腰を折っちゃったわね、ささ、食べましょう。でもその前に、しっかり紅茶を飲むのよ？」

「は、はい……」

クーガを撫でながらニコリと微笑むベル。その圧力は有無を言わせないものがあり、俺は手に持った薬草の混ぜられた冷たい紅茶をすすった。

この紅茶が驚くほど不味（まず）く、口に含んだ瞬間吐き出しそうになったほどの強烈な味なのだ。

「ほらほら、ちゃんと飲む。そんなんじゃ魔力が回復しないわよ？」

「はい……」

「凄い味だねぇ……腐肉でも混ざってるんじゃないかってぐらいマズイ」

『私、大して活躍してなくてよかった。フィガロの顔を見てるだけでどんな味か分かるわ』

この紅茶はベルお手製の回復効果があるものだ。

俺とリッチモンドは魔力回復など大丈夫だと言い張ったのだが、どうやらやせ我慢だと思われたらしく、通常よりも濃度の高い紅茶を飲ませられていた。

それを見ている他のメンバーの瞳には哀れみの色が濃く浮かんでおり、俺が視線で助けを求めても皆一様に目線を合わせてくれない。

この紅茶に溶け込んでいる成分と煮出した葉は、魔力回復と体力回復の効果が非常に高い事で有名らしい。

強烈な臭いを放つ怪しげな黒い粉末を紅茶に混ぜ出した時は、一体何を飲まされるのかと戦々恐々としていたぐらいだ。

だがその効果はやはり高く、多少は感じていた疲労が嘘のように抜けていく。

その恩恵を受けても鼻と味覚が犠牲になりそうだったが、そこは我慢することにした。

他のメンバーも俺達よりかは薄い濃度の紅茶を一息に飲み干しており、正しい飲み方はアレなんだろうな、と心の奥底で思っていた。

「さて、明日は三日目だ。本来ならば三日目には六階層にしか到達していないはずなんだが……我々は十階層に挑むことになる。フォックスハウンドの実力であれば四日目には十五階層へ到達できるだろうと私は踏んでいる」

「普通の倍のスピードで、さらには迷宮の巣も易々と突破。大した怪我も……っつーかかすり傷一つ負ってないってのはどういう了見だ？　あぁん？」

「それは……」

タッカーが俺の首に腕を回し、空いている方の手でこめかみをゴリゴリと抉(えぐ)ってくる。

わざわざ外していたガントレットを嵌め直してからのコレである、結構痛いんだよなコレ……。

「まず二人の身のこなしが一般冒険者とはちゃいまんな。どこぞの達人の元で手ほどき受けてたんとちゃいます？　一線どころか五線くらい越えてそうやわ」

地面にどっかりと腰を下ろしたカーチスが頬杖をついて、口に咥えた小枝をぴこぴこと揺らしている。

カーチスが外したヘルメットの上にちょこんと座ったノースが干し肉を齧りながら口を開いた。

「それに……クーガ……従魔の強さを……超えてる」

「ほんと、頼りになる従魔ね」

ベルは横たわったクーガの太ももに背中を預ける形で座っており、ロングスカートのスリットから見える生足が艶めかしく、目のやり場に困ってしまう。

「私が言うのもなんだが……フォックスハウンドの強さは我らブレイブを軽く凌駕している。だが我らは君達の観測を怠りはしないし、冒険者としては君達より高みにいると自負している。これからもよろしく頼むぞ」

そう言ってバルティーが、手にしたスープの器を俺の器に軽くぶつけた。

今は嫌がらせかと思うほど不味い紅茶をやっとの思いで飲み干し、メインのスープをいただいている。

このスープはお湯に粉末を溶かしただけの、具の無い簡素な物だ。

だが飲めば十分に素材の味が口内へ行き渡る一品であり、このスープをお供に乾燥したパンと干し肉をいただくのだ。

カコン、と器同士がぶつかる小気味のいい音が鳴る。

しばし歓談をし、ブレイブの武勇伝や迷宮で起こった想定外のトラブルの話など、実に様々な話を聞かせてくれた。

中でも、迷宮で出くわしたスライムの消化液を浴びて、ズボンだけ溶けてしまったタッカーの話なんかが面白かった。

予備の服も持っていたが、二着目のズボンもまた別のスライムに溶かされてしまったと言う。

その話題をすると決まってタッカーが不貞腐(ふてくさ)れるのだが、それがまた面白いらしい。

ブレイブの中ではカーチスが一番の話し上手で、派手な身振り手振りと抑揚のある話し方で時間を忘れて話に聞き入ってしまったほどだ。

そして次の日、俺達フォックスハウンドは何の問題もなく十階層を突破し、十一、十二、十三階層を攻略、下に行けば行くほど敵の数が増える、格段に強さが上がる、というような事も無かった。

イレギュラーといえば、一部の通路が崩落を起こしていて、クーガの大きさでは通れなかったために一度影に入ってもらったぐらいだ。

進んでいる間戦闘が無かったわけでは無く、何度かモンスターと遭遇することはあったのだが……ことごとく瞬殺しているので、特に語ることもないのが現状だった。

それに加え階層を重ねるにつれて、何故かモンスターの出現頻度が減ってきているというのも付け加えておく。

「変でんな……ここまでモンスターが出ぇへんとは……」

「クーガっち……じゃない？」

「あーそうかもなぁ？」

『クーガっち……』

「……だめ？」

『いや……ダメではないのだが……』

俺とリッチモンドの背後でそんな会話が聞こえてきた。

クーガ自身そこまで魔力を垂れ流している訳ではないのだし、クーガだけに要因があるとは思えない。

そんな中、俺とリッチモンドはまるで作業のようにモンスターを処理し、タッカーとバルティーがその素材を剥ぎ取っていく。

素材のクオリティは剥ぎ取りの技量で決まると言っても過言ではないこの世界、冒険者であれば必ず覚えることになる解体技術を目の前で学べるのは実に良い。

サクサクとモンスターを解体し、使える素材、捨てる素材などを細かく仕分けしていく二人の手元を俺はじっと、食い入るように見ていた。

いずれは俺も勉強しなければならないのだから、注目するのは当たり前だ。

獣系と昆虫系では刃の入れ方や解体手順が違うというのが実に興味深く、ずっと見ていても飽きがこないくらいだ。

「随分と熱心に見るのだな」

俺の視線に気付いていたのか、バルティーが解体する手を止め、ニヒルな笑いを浮かべながら俺を見てきた。

「えへへ……ゆくゆくは私もやる事になるのです。白金等級(プラチナム)のお二方の解体現場なんてそうそう見られるものではないでしょうから熱心にもなりますよ」

「ふふ……その強さを持ちながら勤勉にして貪欲、か。本当に楽しみな少年だよ君は」

「それほどでも……へへ」

「普通だったら天狗になっててもおかしくねーのによ。出来過ぎだよお前は。ほれ、こいつを食え。スタミナつくぞ」

獣型モンスターのどこの一部か分からないが、切り取った部位をタッカーが俺に向けて放り投げる。

『そうなのです！　マスターは出来過ぎなのです！　お二方は実にお目が高い！』

目の前を通過していく獣の何かには目もくれず、クーガが絶賛の言葉をタッカーとバルティーへ投げかけるが、言われる俺はどうしたら良いのか分からなくなるのでやめていただきたい。

「うん、クーガは少し黙ろっか。で、タッカーさん、これなんですか？」

『おぉん……そんな……』

「食ったら教えてやる！」

しょぼくれるクーガを見て含み笑いをしたタッカーが、俺にサムズアップをして言った。

切り取られたブツは一口大であり、きちんと水で洗い流されているのだが、いかんせん生だ。

生で食えと、そういう事らしい。

冷や汗が少しずつ背中から染み出してくるが、これも冒険者たる心得の一つなのだろう。

そう覚悟を決め、一思いに口に放り込む。

口に広がる血の臭いと形容しがたいエグミ、新鮮だけあって肉自体はプリプリなのだがいかんせん臭いとエグミが強く、思わずえずきそうになる。

「ほー、食ったか……根性あんなぁ……」

「うぶ……今にも吐きそうですが……何とか……で、これは……？」

「モンスターの睾丸(こうがん)だ」

タッカーがこれまでに見せた事のない素晴らしい笑顔と共に、両の手でサムズアップを決めている。

「ぶ……おぼろろろろ」

その言葉を聞いた瞬間、俺の精一杯の抑制をぶち破り、胃の中身全てが口から噴き出した。

それはもう綺麗な嘔吐だった。

十五年生きてきて、ここまで綺麗に吐いたことがあっただろうか。いや、無い。

せめてもの救いは、咄嗟に壁際まで駆け寄った事だろうか。

「お、おい……大丈夫か……？」

「大丈夫じゃないですよ！　一体何を考えているのですか！」

ひとしきり胃の内容物を自然に還元した後、水を手にして申しわけなさそうにするタッカーへ不満をぶつけた。

「わりい……そんなに拒否反応が出るとは思わなかった……」

「出ない人がいるんですか!?」

謝るタッカーへ涙目になりながら必死で訴えるが、その背後で笑いをこらえるのに必死になっているリッチモンドの姿が目に入った。

あいつ……面白がりやがって……。

「ホントスマン。睾丸っつーのは嘘だ……」

「嘘って……じゃあ本当は何なんですか、アレ」

ジト目をタッカーに向けるが、当の本人は頭を掻きバツの悪そうな顔をしてブツの正体を告げた。

「ありゃモンスターの心臓だ」

「大して変わらないじゃないですか！」

◇　◇　◇

「悪かったって……機嫌直せよ……なぁ？」

「別に怒ってません」

「完璧怒ってるじゃねぇか……」

結局胃の中身が空っぽになるまで吐き、体中の水分を持って行かれたような虚脱感の中、俺は十四階層をふらふらと歩いていた。

リッチモンドに「ゾンビみたいだねぇ」と笑われたのだが、それを否定するような気力も無かった。

そんな俺の後ろから、タッカーが引きつった笑顔を浮かべてひたすらに謝ってくる。

怒っていないとは言ったものの、まだ少し引き摺るものはある。

ノースがモンスターの心臓の効能をきちんと説明してくれたのだが、どうにも釈然としない。

俺が食べた心臓の持ち主はベノムリッターという、トカゲとコウモリを足して二で割り、そこへ昆虫のアクセントを加えた名状しがたいモンスターだ。

騎士の称号を持つ低級モンスターの上位種であり、体の至る所に毒袋を備えている猛毒モンスターなのだが、体内の臓器は毒に強力な抵抗を持っていて核となる心臓には耐毒、耐麻痺などの他に様々な薬効が認められる。らしい。

その薬効は熱を加えると途端に破壊されてしまうため、生で食すのが一般的なのだ。

タッカーが言っていたように、精力や気力などにも効果が認められるので、意外にも高値で売り捌けるのだとか。

モンスターの睾丸だと言ったのは冗談なのだろうが、どうにもイメージが強すぎて思い出しただけでも胃液がこみ上げて来る。

「良いじゃ無いか。タッカーさんはフィガロの事を思って……くく……」

「おい……笑いながら言っても説得力ないんだぞ。知ってるか？」

「分かってる、分かってるんだけどね……どうにも……くっくっく……」

リッチもモンドは俺の嘔吐が見事にツボったらしく、思い出しては一人でクスクスと笑い続けていて、正直アンデッドの笑いの感覚は分かりかねる。

「待て。別の冒険者だ。しかし変だな……私達の前に誰かが上階層に入ったとは聞いていないのだが……」

俺とリッチモンド、タッカーが歩いている背後から、バルティーの鋭い声が飛んできた。

見ると、前方の通路から四人組の冒険者がこちらへ歩いて来ており、皆一様に下卑た笑みを顔に貼り付けている。

どうも雰囲気がおかしい。

「よう。生きてたか。ってもブレイブの皆様が随伴とあらば、死ぬような事もないんだろうな」

「こんにちは。えっと……どなたかは存じませんが通していただけると助かるのですが……」

四人組は横並びになり、俺達の通路を塞ぐようにして立ち止まったのだが、手にはそれぞれ武器を構えており、見た感じ全員が近接職のようだった。

「はぁ⁉　テメェ……！　舐めた事言ってんじゃねぇぞ！」

「や、別に舐めているわけでは……舐めても美味しくないでしょうし」

「そういう事を言ってんじゃねぇ！　相変わらず人を馬鹿にしたような言い方しやがって……！」

「相変わらず……？　はて、どこかでお会いしましたでしょうか？」

「なっ……！　てめぇ……！」

リーダー格と思わしき青年が憤慨するが、俺的には初対面であり憤慨されるいわれはないのだが……向こうの反応からしてみればどうにも俺と面識があるように思える。

「君達。悪いがそこを通してはもらえないだろうか。特に急いではないのだが、この先に行かねばならぬ理由があってな」

「すみませんバルティーさん。いくらあなたの言葉といえど……しかしこの先にご案内することは可能です。何しろ俺に出された使命はこいつらを連れて行くことなんですから」

背後からバルティーの声が飛ぶが、リーダー格の青年はその言葉をぴしゃりと絶った。

「どういうこっちゃ。わけ分からん事言うてないではよどきーや。邪魔するならそれなりの理由があってこないな事してんのやろな？」

「見た所、あなた達は一等級ね……説明してもらえるかしら？」

さらにカーチスとベルも参戦するが、青年の瞳の中に見える思いは揺るがないようだった。

リッチモンドを横目で見ると、彼はスタッフを握りいつでも動ける、とハンドサインを示している。

「連行する……意味は……？」

「行けば分かる、とだけ」

ノースが珍しく力の入った呟きをするが、青年は頑として譲らない。

ここで押し問答をしていても埒（らち）はあかないので、俺としては大人しく付いていった方が話は早いと踏んだ。

「よく分かりませんが、分かりました。従いましょう」

「へっ！　坊ちゃんぶりやがって……舐めた口利いてられるのも今のうちだからな！」

「分かりましたから、早く行きましょう。時間の無駄です」

「クソが……！　付いて来い！」

四人組は踵を返し、元来た道を歩き出す。

それに続く俺達フォックスハウンドとブレイブ。

ブレイブの面々は皆、訝（いぶか）しげな表情をしているが、何があってもいいようにさりげなく戦闘陣形に切り替えている。

「降りろ」

青年が顎でしゃくった先には、目的地である十五階層手前の階段が大きな口を開けて俺達を待っていた。

言葉に倣いゆっくりと階段を降りていく。

青年達は俺達が階段を降り始めたところで最後尾に回ったのが分かった。

階段を降りた所には二人の男女が立っており、俺達の姿を見るなり驚いていたが後ろからやって来た青年の姿を確認し、大きく頷いた。

男女の首元には三等級のタグがチラついている。

この二人に一体何がどうなっているのか、と問い詰めても理由を話してくれはしないだろう。

前後を挟まれるように迷宮内を歩くこと数分、大きな広間へと連れ出された。

「よぉ……久しぶりだな小僧……」

広間の中央には大きなテントが一つ広げられており、その中央に置いてある椅子にふんぞり返る男の姿があった。

テントとはいえど、俺達が使っているような安物ではなく、それなりにいい素材が使われたものであろう事は見た感じで分かる。

骨組みの要所要所を金属で補強され、骨組みに張るものは布地ではなく革製で所々にリベットが打ち付けられたいかにも丈夫そうなものだ。

「こんばんは。お元気そうで何よりです、トムさん、でしたね」

「覚えていてくれて嬉しいぜ」

トムは咥えていた葉巻の煙を大量に口から吐き出し、ニタリと笑う。

組合の只中で俺をスカウトしようとしたトムがなぜこんな所にいるのだろうか。

「それで、これは一体どういう了見でしょうか」

「あぁん？　どうもこうもねぇ。テメェは俺に恥をかかせた上に誘いを断り俺の顔に泥を塗りつけやがった。その落とし前をつけてもらおうと思ってなぁ」

トムが数度手を軽く振ると、先ほどとは別の冒険者達の姿が複数人どこからともなく現れた。

冒険者達の手に武器は握られていないものの、皆一様にニヤニヤといやらしい笑みを貼り付けていた。

「トム！　貴様！　こんな事が許されると思っているのか！」

「あんさんは卑怯卑怯思とりましたけど……アホくさ」

「重罪……」

バルティーとカーチス、ノースが吐き捨てるように言うがトムの表情に変化はない。

変化はないが、その視線は俺から動き、タッカーの側に立つベルへと向けられた。

「よおベル。早い所ウチに来てくんねぇかな？　俺様はお前が大好きなんだぜ？」

「けっ！　何度も言うがブレイブのベルはお前なんかにゃなびかねぇよ」

タッカーがトムの視線を遮る(さえぎ)ようにベルの前に立ち、他の三人と同じように吐き捨てた。

その陰から半身を出すようにしてベルが次いで言う。

「そうね。私の居場所はここだけ……下劣を体現したようなあなたとは相いれないわ」

「つれねぇなぁ……そんな気の強い所も気に入ってるんだぜ？」

トムは深いため息を吐くが、声のトーンからして、落ち込んでいるようには全く感じなかった。

「お一人ですか？」

「ん？　おうよ。文句あっか？」

「いえ、別に。お一人だけでこんな大勢の人員を動かせるとはさぞお強いのでしょうね」

「君さ、どういうつもり……」

死んだような目をしてトムを睨みつけ、何かを言いかけるリッチモンドを手で制し、一対一の問答に誘導する。

一度相対した上で分かったのは、この男の自尊心は呆れるほど高いということ、自分の力量を過大評価していること、格下を顎で使い王者気取りだということだ。

「ふん！　分かってるじゃねぇか！　どうせこの前は速度強化でもして不意打ちかましてくれたんだろ？　随分と味な真似してくれたなぁおい」

「不意打ちって……まぁいいです、それはこの場で言う話ではないでしょう？　こんなにも大勢の配下の方々を連れ出してまで見せつけたいこと。あるのでしょう？」

「余裕ブッこいてんのも今のうちだぜ？　てっきりどうしてここにお前が！　なんて言い出すのか

と思ったぜ」

「はぁ？　そんな事考えるまでもないと思いますがね。どうせ私達が迷宮に入ったのを知り昇降機で十六階層まで降りて、ここに上がってきただけの話でしょう？」

上の等級持ちが任意の階層へ昇降機で向かうことが出来るのは、迷宮入口にあった説明で理解している。

であればそう考えるのが普通だと思うのだが……違うのだろうか。

「勘のいいガキは嫌いだぜ」

「それはどうも。褒め言葉としてお受けいたします」

「スカしてんじゃねぇって言ってんだよ！」

トムが声を荒らげた瞬間、ズシン、と地面に振動が伝わった。

何かがトムの怒りに触れたのか、手にはバルディッシュの柄(え)が握られており、その矛先は地面にめり込んでいる。

周囲からパチパチと言う音が聞こえ、思わずそちらに目をやる。

驚いたことに、トムのたったそれだけの行動に、取り巻き達が称賛の拍手を送っていた。

「意味が分からないね……もはや軽い宗教と化しているんじゃないかい？」

「あぁ、その可能性はありそうだな」

顔から表情が抜け落ちたリッチモンドが至極つまらなそうに取り巻き達を一瞥(いちべつ)し、呆れたように言った。

「ま、いいさ。ブレイブの皆さん、この場合はどういう扱いになるのですかね？　敵対勢力としてモンスターのように踏み散らかしていいのです？」

リッチモンドは抑揚の無い声で、そばにいるブレイブに答えを求めた。

恐らくだがブレイブが殺ってもいい、と言えば即座に皆殺しにかかるだろう。

それくらいリッチモンドから漏れる気配は冷たく、異質なものだった。

因みに今まで一切口を開かなかったクーガは、本当に興味が無いらしく、大人しく座り薄目を開いて背後に控えている。

「うぅん……同じ冒険者として殺すのは駄目だ。出来る限り無力化して命は取るな。リッチモンド君とフィガロ君ならばそれくらい造作もないことだろ？」

苦笑しながらバルティーが言うと、リッチモンドは静かに「了解」と呟いた。

リッチモンドはヤル気だが、これは俺が招いたトラブルであり、俺自身でカタを付けたい。

招いたというよりは、トラブルが向こうからスキップして来た、と言うべきだけどな。

「皆、手出しはしないでください。これぐらい私一人で十分ですので」

そう言って数歩前に出た俺はトムに会釈をし、手を差し出しチョンチョンと数回曲げる。

「かかってこいよ木偶の坊。格の違いってのを教えてやるよ」

「糞が……！　その言葉、後悔しても知らねぇぞ！」

額に青筋を立てて立ち上がったトムがバルディッシュを構える。

俺を殺す気はないようだが、半殺し程度には痛めつけるつもりだろう。

トムが地面を蹴る音が試合開始のゴングとなり、迷宮十五階層での戦いが幕を開けた。

「手を出さないでください」

フィガロからそう言われた時、バルティーは自分の耳を一瞬疑った。

目の前の少年は白金等級（プラチナム）であるトムを相手に、たった一人で立ち回ると言っているのだ。

トムが所属するパーティハンニバルは、スカーレットファングの傘下であり、親衛隊としても活動をしているが悪名もそれなりに高い。

個人でもかなりの強者が集まる五人組のパーティハンニバルは、金のためなら手段を選ばず卑劣な手段も厭（いと）わない武闘派集団で、それを率いているのがトムだった。

白金等級（プラチナム）での中でも指折りの重量級パワーファイターであるトムが地を蹴り、戦闘が開始された。

二年前に他国から流れてきたハンニバルは次々と功績を挙げていき、あっという間に白金等級（プラチナム）へとのし上がった。

だが白金等級（プラチナム）になったと同時に、よくない噂も次々と流れ始めた。

ハンニバルのメンバーは皆、脱獄した死刑囚である、だとか凶悪な犯罪者である、他国の裏社会の人間である、などと言った不穏な噂だ。

始めは嫉妬や妬みの類だろうと思っていたのだが、どうにも違う。

事実、複数人の低等級冒険者が暴行を受けたという報告も上がったことがある。

しかし噂の類は気がつけば霧散していたり、暴行を受けた冒険者はなぜかトムに付き従うようになっていたり。

真実を突き止めることは難しかった。

組合の中での態度や、他の冒険者に対する態度は不遜そのものであり、自由冒険組合の規律ギリギリのグレーゾーンなのは紛れもない事実。

バルティーを含め古参の冒険者であるブレイブの面々は、トムやハンニバルのメンバーを信用していなかった。

「さて、トムとフィガロ、どっちが勝つか……」

「バルティーはん、それ本気で言うてはります？」

「考えるまでもねぇ」

「彼では……勝てない……」

「そうねぇ……無理ねぇ……かわいそうに」

タッカー以外のメンバーは、戦闘を開始したある人物に悲哀の視線を投げかけていた。

言わずもがな、トムである。

確かにトムは白金等級(プラチナム)の中では強い部類に入る。

身体強化魔法のかかったトムのチャージは鋼鉄の扉を歪(ゆが)ませるほどの威力があるし、大柄な体躯から繰り出されるバルディッシュの一撃は大地を割る。

パワーにモノを言わせ、問答無用で叩き潰すのがトムの戦法だった。

重量級の弱点である機動力も、その身につけている防具の恩恵でカバーされている。

彼の防具は魔法の力が込められたマジックアーマーであり、かなりの値打ち物であるのは間違いない。

現在分かっている能力は速度上昇、反応速度上昇、筋力上昇、被物理攻撃軽減、衝撃軽減、この五つである。

そんな魔法甲冑(かっちゅう)にトム自身の戦闘技量の高さも合わさり、暴力の猛威を振りまく戦闘兵器となるのだ。

しかし、見る者が見れば、実力差は明らかである。

白金等級(プラチナム)冒険者、バルティー、タッカー、カーチス、ノースロップイヤー、ベル。

様々な冒険者を見てきた彼らは、トムとフィガロの実力差を正しく分析し、トムでは勝てない、という結論に至った。

魔法甲冑の力で速度が上がっていようとも、フィガロのスピードには付いていけないと言うのが満場一致の見解である。

大地を割る一撃も、鋼鉄の扉を歪ませるチャージも、当たらなければ意味がない。

事実、トムの攻撃はことごとく回避されている。

回避するフィガロの動きは素晴らしく、攻撃を見極め最小限の動きでバルディッシュの矛先を避けている。

見ている方はハラハラするが、フィガロの表情に焦りの色は無くむしろ余裕すら感じられる。

「は！　デケェ口叩いて、避けるのが精一杯かぁ!?　オラァ！」

しかし戦闘只中のトムはそんな事をカケラも考えていないようで、避けているフィガロが怖気付いて逃げ回っていると勘違いすらしている。

重量二十キロはある大型のバルディッシュを、棒切れのように軽々と振り回すトムの力も大したもの。しかし、高速で繰り出される刺突やカチ割りなどを、紙一重で避け続けているフィガロも言わずもがなである。

『マスターに勝てる人間などおりません。マスターこそ最強、至高の神人です』

成り行きの一部始終を薄眼で見ていたクーガだが、戦闘が始まってからはキラキラとした目でフィガロの姿を追っている。

パタパタと振られる尻尾がクーガの上機嫌具合を如実に現しているが……その姿は魔獣では無く、まるで主人の帰りを待つ忠犬のようにも見えた。

「はは、言うじゃないか」

クーガの言葉になんと返していいか分からず、乾いた笑いをあげるバルティー。

タッカーが続く。

「まぁなぁ……連日猛スピードで迷宮を攻略して、けろっとしてるくらいだしなぁ……」

「異常……でも驕らない……」

「ん……そうね。出来過ぎ、と言ってもいいくらいね」

ノースとベルに至っては、クーガの後ろ足に寄りかかり、いつの間に出したのか二人の手にはビスケットとマグカップが握られていた。

完全に観戦気分になっている女性陣だが、その目は真剣そのもの。

戦闘の一部始終を見逃さないという、一種の気迫のようなものが感じられた。

「トムはんは強いと思うとりましたが……いや、もちろんふつーだったら、あの速度についていける人間なんて、そうそう居てへんのは分かりまっせ？　せやけどトムはんが、まるで赤子のように遊ばれておりまんなぁ」

「当の本人は全く気付いていないようだけどね？　愚かな人間だよ。くだらない」

カーチスは地面にどっかと腰を下ろし、戦闘の感想を早口でまくし立てており、それに応えるようにリッチモンドが言葉を返していた。

ブレイブとフォックスハウンドは、まるでスポーツ観戦でもしているような平和的な雰囲気だったが、トム側の取り巻き達の顔色は優れない。

それもそうだろう。

彼等はトムとハンニバルの圧倒的な武力に従っており、信奉者と言っても過言ではない。

信奉対象の頂点であるトムの攻撃が、ただの一度も当たっていない事に不安を感じ始めたのである。

「トムさん！　そんな生意気なガキ捻り潰してください！」

「つせぇ！　黙って見てやがれ！」

バルディッシュを巧みに操り、時間差での刺突を繰り返しながらトムは焦っていた。

戦闘を始めて数十分は経過しているのだが、彼の攻撃は一度も相対する少年に届いていない。

相対するフィガロは、バルディッシュの刃をスレスレのところで避けながら、冷めた瞳をトムに向けていた。

フィガロは何も語らず、攻撃を加えてくるわけでもない。

ただひたすら回避に専念している。

大口を叩くわりに、逃げ回ることしか出来ない子供だとタカをくくっていたが、それは間違いだった。

トムは攻撃の手を休めないまま、組合の歓談席での事を思い出していた。

彼は自尊心の塊と言っていいほどにプライドが高く、彼の邪魔をする者、意見する者、反対する者、などの敵対する人間は全て排除してきた。

自分より上に立つなど許されることではない。

それがトムという人間を表す簡潔で最良の答えだろう。

残念な事に、彼の実力の高さもそのプライドをより高くしている原因でもあるのだが、ここまでくるともはや病的と言っても間違いではないだろう。

こんな冒険者になりたての子供に負けるわけがない、そう思ったがゆえにフィガロの実力を大いに見誤ってしまったのだ。

「すみません。トムさん。そろそろ本気で来ていただいて構いませんが？」

「避けてばっかのガキが唄ってんじゃねぇぞ！」

フィガロの挑発にあっさり乗っかったトムは数秒の溜めを作り、弾かれるようにバルディッシュを高速で突き出した。

繰り出された刺突の連撃は前後に動き、矛先がぶれて残像を残すようになる。

一秒間の間に八度の突きが繰り出されるこの技は、トムが最も得意とするものであり、数多のモンスターや敵対する者を屠ってきた大技である。

大概の敵はこの技を出す前に負けを認めるのだが、フィガロは逆に挑発すらしてみせた。

舐められる事をひどく嫌うトムに対し、挑発は劇的な効果を上げた。

激昂したトムは冷静な判断力を失い、今までことごとく躱された己の連撃すら記憶の彼方へと置き去ってしまう。

「喰らえ！　そして死ね！」

「遅いですね」

ガツン、と硬質な音が鳴った。

トムの頭はそう理解するので精一杯だった。何を言われたのか分からなかった。

トムの中で思い描いていたのは、フィガロの小柄な体躯が自慢のバルディッシュによって吹き飛ばされ、ブレイブの面々の顔に絶望が浮かぶ、そんな光景だった。

「は？」

そうなるはずだった。

だが現実は、トムご自慢のバルディッシュの矛先は地面に突き刺さり、その上にフィガロの片足が乗っていた。

フィガロは繰り出された連撃を流れるような所作で躱し、高速でピストン運動をしているはずの穂先の横を殴って地面に叩きつけ、足で押さえつけたのである。

何が起きた？　とトムは視界と脳内がぐるぐると回り始めるような錯覚を覚えた。

理解できない、解らない、分からない、意味不明、そんな単語が次々と脳内を支配していき、それは段々と黒い感情へと変換されていく。

「ば……化物か……」

トムの手からバルディッシュが零れ落ち、ガランガラン、と耳障りな音が鳴る。

一歩、また一歩と足を後ろに動かしていくトムだが、自らが後ずさりをしているなど夢にも思っていない。

今まで出会ったことのない異質な存在を前にして、トムの心に初めて恐怖という感情が生まれたのだ。

「うーん……その言葉は心外です。私程度が化物であるなら……私の知っている強者達は何者なのでしょうね？」

フィガロは溜息を吐きながらも、地面に落ちたバルディッシュを拾い上げ、おもむろにトムへ投げつけた。

バルディッシュは鋭い音を立ててトムの足元へ突き刺さり、まるで主人の元へ帰り喜ぶ忠犬のようにその柄を小刻みに震わせた。

「お返ししますよ。さぁもう一度です、あなたの本気を見せてください。あれほど豪語していた白金等級様のお力とやらを存分にお出しください」

そう言い放つフィガロの目を見て、トムは全身に怖気が走るのを感じた。

足元に突き刺さるバルディッシュの柄を握りしめるが、柄の震えは止まらない。

否、それは自分が震えているのだと理解するのに数秒はかかったトムだったが、脳内を満たすのはたった一つの言葉だけ。

逃げろ。

トムの脳内で警鐘が鳴り響き、逃げろ、生き延びろと警告が発せられる。

人間というのは本当の恐怖に直面した際、プライドなど何の意味もない事を悟るのだが、トムも同じように悟り、そして心を砕かれてしまった。

「てめぇら！　まとめてかかれ！」

「ええ!?　ちょっと待ってくださいよ！　集団リンチはひどくないですか!?」

バルディッシュを引き抜いたトムは、少しでもフィガロから距離を取ろうと全力で逃げ出したのだった。

脱兎の勢いで逃げ出し、さらに取り巻き達に襲わせる、という最悪な手法を選択したトム。

しかし悲しいかな、その命令に従う者は誰一人としていなかった。

従わないというよりは、従おうにも体が動かない、といった方がより正しいだろう。

頭に血が上っていたトムとは違い、遠巻きから戦闘を観戦していた者達だから分かる事、それは圧倒的な実力差である。

「どうした！　あいつを潰せ！」

激昂したトムの怒号が飛ぶが、取り巻き達の反応は薄い。

「で、ですが……」

必死の形相で駆けてくるトムとは対照的に、取り巻き達の表情は青ざめ、困惑したものとなっていた。

取り巻き達が数人で戦ったとしても、トムには敵わない。

たとえ二、三パーティで襲いかかったとしても敵わないほど、トムの強さは別格だった。

だから彼らはトムに従っている。

トムを始めとしたハンニバルに従えば、甘い汁を吸わせてやる、そう言い含められているからだ。

そんな彼らが、トムを赤子同然にあしらうフィガロに挑んだとして、一体何になるというのだろうか。

恐らく、いや、絶対に近付く前に沈められる、と、取り巻き達の考えている事は皆同じであった。

「戦いに卑怯も何もないとは思いますが……そのやり口はいかがなものでしょうかね」

「なっ！　……貴様ぁ……！」

しかし取り巻き達の思いは杞憂に過ぎなかったと思う瞬間が訪れた。

取り巻き達とトムの間に、突然フィガロが割り込んだのだ。

パクパクと動くトムの口は、池に放たれている鯉の仕草に似ているな、と思わず笑みを零すフィガロ。

その笑みに別の意味を感じ取ったのか、トムの顔が絶望に染まる。

トムの変わり身の早さに呆然としていたフィガロだったが、すぐに意識を切り替え逃げ出すトムの後を追った。

フィガロが行ったのはただそれだけだ。

自身が身軽なのもあるが、フィガロの肉体は常人の域を超えている。

そんな彼が、ドタバタと無様に逃げる甲冑男に一瞬で追いついたとしても不思議ではないだろう。

現に傍目から見ている取り巻きから驚きの声は聞こえない。

全てを見ているから驚かない。

全てを見たからこそ驚けない。

見ている者の全細胞が、フィガロという存在はああなのだ、と考える事をやめたかのように受け入れていく。

「こういう事は良くないですよ。上に立つ者は上に立つ者らしく、堂々としているべきだと私は思います。後に続く者が見ている背中は、あなたが思っているより遥かに大きいのですから」

淡々と語るフィガロの顔に疲労はなく、嘲り(あざけり)、罵り(ののしり)、侮蔑、軽蔑、そういう類の視線がトムへと向けられている。

それを理解した時トムの中で何かが弾け、壊れた。

「クソガキガアアアア！」

「――――げぎゃっ」

半狂乱になりながら喚き散らす口からは涎が飛び散り、同時に何かが潰れたような音が鳴った。

「ひ！　うわあああ！」

フィガロの背後から取り巻き達の絶叫が聞こえた。

目の前には白目を剥き吠えるトムの姿。

その手にはあるはずの物が無く、それはフィガロの後方にいる取り巻きの一人へと届いていた。

トムの操る重量級のバルディッシュは、鋭利な矛先で取り巻きの胸部を貫通してさらに後ろの壁に突き立っていた。

「何を！」

『いやあああっ！』

シャルルの叫び声が反響する中、フィガロは目の前で起きた出来事に動揺を隠しきれない。

フィガロはトムの目を真っ直ぐに見ていた。配下を率いる長としての良心が、トムにも少なからずあるだろうと信じて。

ゆえに行動が遅れてしまった。

トムがまさかそんな行動に出るとは夢にも思わなかったフィガロは、トムの手から投げ飛ばされるバルディッシュを止めることが出来なかった。

油断をしていたわけでも、慢心していたわけでもない。ただ単に驚いて体が動かなかったのだ。

その一瞬で、一人の命が散った。

光のない瞳を開きながら、口の端から血を流す青年の姿は無残であり、胸部を破壊されたショックからか全身がビクビクと痙攣している。

貫いているバルディッシュに支えられ、崩れ落ちる事を許されない青年の亡骸が、下手な操り人形のように身を躍らす。

フィガロが振り向き、惨状を目にしたその間にさらに悲劇は加速を始めた。

「ガァアアア！！！」

「嫌だあああ！　げぶぉ」

「トムさん！　トム……」

よそ見をしているフィガロには目もくれず、闘争本能の矛先を自らの取り巻きに向け、猛然と襲いかかったのだ。

トムの凶行は凄まじかった。

たとえフィガロにあしらわれていたとしても、常人レベルで言えばかなりの強さを持つトムが、我を忘れて普通の冒険者に襲いかかればどうなるのか。

考えずとも答えは出る。

虐殺である。

鋼鉄のガントレットが頭を叩き潰し、魔法甲冑により増強された豪腕で腕を引き千切る。

人語とは思えない言葉を口にしながら、逃げる取り巻きの腰を蹴り砕き、砕かれた背骨は腹部から露出してしまっている。

「何ぼけっとしてんだ！　止めるぞ！」

「守護壁……展開……」

「トムはん！　アンさん何してるか分かってはりまんのか！」

「グウうあああ！　ごロス殺すがぎゃギャギャぎゃ！」

フィガロが目を離した数秒間の間に葬られた取り巻きは七人ほど。

尋常じゃないと察した取り巻き達は全力で逃げ惑い、それをトムが追う。

叫びながら逃げる青年の首に、トムの手が届こうとした瞬間、カーチスの強烈なタックルがトムを吹き飛ばした。

凶行を目の当たりにしたブレイブが全力で駆けつけ、被害の拡大を防いだのだ。

派手な音を立てて転がるトムだが、転がった慣性を利用しそのまま跳ね起きてカーチスへと襲いかかる。

身体強化の魔法をかけられたカーチスは腰を据え、トムの両腕をがっちりと掴んで組み合う。

タッカーは逃げ惑う取り巻き達を庇い、カーチスの援護に回る。

「あ……あの……」

「フィガロ！　しっかりしろ！　さっきまでの勢いはどうした！」

「ノースは怪我した子達の治療に回って！」

バルティーに体を揺すられ、気を持ち直したフィガロがしどろもどろに答えるが、状況は悪い。

ベルは持っていた治療薬を地面に転がっている負傷者へふりかけ、ノースは重傷の少女へ治癒魔法をかけている。

最初の犠牲者が出てから数分も経っていない。

ブレイブが咄嗟に動けたのは踏んできた場数の違いなのだろう。

人間というのは、理解出来ない事が起きた時、驚いた時、ショックを目の当たりにした時、思考や体が硬直してしまう事があるが今のフィガロはそれだった。

遠く離れた異国に窮鼠猫を噛むという言葉がある。

追い詰められた者は何をするか分からない。

歴戦の者であれば追い込んだ時こそ敵を警戒するのだが、フィガロにはそれが無かった。

フィガロがいかに人知を超えた強者だとしても、中身は依然少年のままであり、甘いという言葉が実にしっくりくる。

そこがフィガロにとって越えなければいけない壁であり、弱さでもあった。

◇　◇　◇

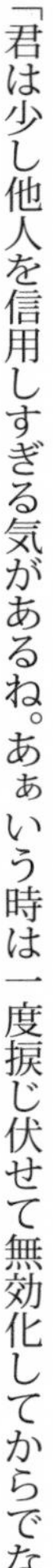
「君は少し他人を信用しすぎる気があるね。あぁいう時は一度捩じ伏せて無効化してからでないと」

「ごめん」

『マスター、指示を』

バルティーが戦列に加わったと同時に、背後からリッチモンドに肩を叩かれた。

その声に抑揚はなく、感情というものが込められていないようにも感じた。

クーガは俺の横に座り、いつでも行けると意思表示をしてきた。

「いいさ。僕に被害はないし、ただこの場を収めるのは君しか出来ない」

リッチモンドは静かに俺の横に並ぶと、激しい戦闘を繰り広げているブレイブの面々とトムに視線を移した。

「でもバルティーさん達が……」

「彼らでも力不足さ。トムだっけ？　彼は人間という枷を、限界を超えた力を振りまいている。同等級の彼らでは勝てない」

「限界を超えた？」

「【狂戦士】と呼ばれる一種の変質強化だね。呪いに近いような気もするけど……特定条件下において発動する突然変異みたいなもの、魔力が渦巻く迷宮でなら尚更そういう事が起きても不思議じゃないさ。精神は破壊され、肉体のリミッターを吹き飛ばして限界を突破させ、破壊と殺戮の権化となる。それは目の前にあるモノを壊し尽くすまで止まらない。たとえそれが見知った存在であっても」

「誰かがトムに呪いをかけたってことか⁉」

「いや違う。狂戦士化というのは、もっぱら自分自身が原因だ。極度のショックにより自我が崩壊、憎悪や怒り、妬み、恨みつらみが何十倍にも増幅され、それが力の源となり変異する。全てを破壊し尽くした後は……」

リッチモンドはそこで一度言葉を切り、スタッフを振って魔法を一撃。

魔法は今まさに拳を振り降ろさんとしているトムと、体勢を崩したタッカーの間に完璧なタイミングで叩き込まれた。

それによりトムは一瞬ひるみ、タッカーはその隙を縫って体勢を立て直した。

話しながらも戦局を冷静に判断し、的確に援護を入れる。

さすがとしか言いようがない。

「後は？」

「モンスターとなって彷徨(さまよ)うか、肉体が耐えきれず塵(ちり)と化すか、どちらにせよ、人間に戻ることは出来ない」

「そっか……こうなったのも俺の責任、って言いたいんだな？」

「まぁ……そうだね。君が遊んでないでとっととトムを縛り上げるなりなんなりしていれば……違ったかもね」

「最悪だな。俺は」

辛辣な言葉だが、オブラートに包まれて慰められるよりはマシだと思う。

噛み締めた奥歯がギシリと鳴り、握る拳に力が入る。

「そうだね、君のせいで人が死んだ。これは紛れもない事実だけど……そう悲観する事じゃない。体良く言えばこれは事故なんだからね。まさか彼が狂戦士化するなんて、誰も思っていなかったさ」

雄叫びを上げて突っ込むトムの剛拳により、カーチスに張られた守護壁が砕かれ、剛拳はそのままカーチスの鳩尾にめり込む。

剛拳の凄まじい破壊力にカーチスの鎧の腹部が粉砕され、その衝撃で数メートル後方の壁まで吹き飛場された。

タッカーとバルティーのカーチスを呼ぶ悲痛な声が木霊する。

ノースが複数枚の障壁をタッカーとバルティーに展開し、強化魔法の重ねがけをして反応速度を向上させた。

幸いな事にトムの武器であるバルディッシュは彼の取り巻きが回収済みであり、使用される恐れはない。

バルティーとタッカーは適度に間合いを測り、果敢に攻め立てている。

壁際では、崩れ落ちて微動だにしないカーチスにベルが駆け寄り、回復薬を与えているのが見える。

壁となっていたカーチスが落とされた事により、戦局は大きく変わった。

鎧を着ていたカーチスが一撃で沈んだのだ。

軽装のバルティーとタッカーが一撃でももらえば、即、死につながる。

二人はうまく攻めているものの、決定打が打てず牽制程度の攻撃しか通じていない。

その光景を悔しそうにベルが見つめているが、今彼女が参戦してしまえば、トムの攻撃の矛先はベルに向くだろう。

壁であるカーチスがいない現状、トムの猛攻を完全に防ぎきることは出来ず、一気に間合いを詰められ即死するであろうことは明らかだった。

それが分かっているから手が出せない、そんな思いが、ベルの苦悶の表情からにじみ出ていた。

「……行くよ」

俺は握りしめた拳をさらにきつく握り、大きく息を吸って、吐く。

「手伝おうか？」

「自分の責任は自分で取る。リッチモンドとクーガは見ていてくれ。今度はしくじらない」

「念のために言うけど、彼はもう人間じゃない。手加減なんてするなよ」

『私はここでお待ちしております』

『フィガロ、頑張って』

「あぁ」

「よろしい」

一呼吸置いて、トントン、と数度の跳躍、体の硬直はもはやない。

心は落ち着いており、今なら冷静に対処できるはずだ。

「……ありがとう、みんな」

踏みしめた地面を蹴り飛ばし、暴威を振るうトムだったモノへ突撃する。

なぜありがとうと言ったのかは自分でも分からない。無意識に口から溢れでてしまった。


「ガアアア！」

狂戦士と化したトムの攻撃は至ってシンプルであり、殴る、蹴るの二通りしかない。

しかし元々の強者であるトムが、狂戦士となり肉体のリミッターを外した事でその威力と速度は尋常じゃない。

加えてトムが装着している魔法甲冑の効力、この力により更に彼の能力は向上している。

「おいバルティー！　酒奢れなくて悪かったな！」

タッカーは迫るトムの剛腕を躱し、渾身の力を込めたアッパーを入れてトムの腕を弾き飛ばす。

関節部を狙った一撃だが、効いている様子はまるでない。

「大丈夫だ！　この後たっぷり奢ってもらう！」

幾度振ったか分からない剣を振り、強烈な一撃をギリギリで避けるバルティーの顔に余裕は無い。

暴風を具現化したような威力の一撃は凄まじく、避けたとしてもトムの拳圧だけで皮膚に裂傷が入る。

至近距離で戦っているタッカーとバルティーの剥き出しの素肌にはいくつもの裂傷が走り、タッカーのガントレットもバルティーの剣もボロボロになってしまっている。

地面にはトムの剛撃によりいくつものクレーターが出来ているが、当の本人にはダメージのダの字もない。

足場の悪い中で立ち回る二人と、瓦礫（がれき）など気にせず突っ込んでくるトム。

戦況は見るからに悪い。

「おい」

「あぁ。立ち直ったようだな」

だがトムの後方から迫る俺を見た瞬間、悲壮感に溢れていた二人の表情が、安堵の色に変化したのであった。

「グガあぁ！」

「どっせい！」

気合の一喝と共に、俺は涎を飛び散らせながら吼えたてるトムの後頭部に、跳躍回し蹴りを繰り出した。

鋼鉄の扉に攻城兵器をぶつけたのか、と思わせるほどの轟音が響く。

トムのヘルメットはとうになく、剥き出しの後頭部に助走付きの一撃をお見舞いしたのだが、まさかこんなに派手な音が鳴るとは思いもよらなかった。

蹴り飛ばした足がひどく痛む。

人間の頭の硬さじゃないぞあれ、どうなってんだ。

だが俺の攻撃をまともに食らったトムはそのまま前方に倒れ伏し、動きを止めた。

「バルティーさんタッカーさん、ご無事ですか」

「あぁ、何回か死んだと思ったがな、この通り無事だぜ！」

「遅いじゃないか。なんにせよもう大丈夫のようだな」

倒れ臥すトムから視線を動かすことなく、対峙していた二人に声をかけた。

無事だとは到底言い難いほどの傷を負ってはいるが、命に別状はないらしい。

「おい……見ろよあれ……」

「なんですかあれ……」

「まさかとは思うが……」

地面に突っ伏しているトムを見て、タッカーがうめき声に似た声を上げる。

視線の先は俺が蹴り飛ばした後頭部。

皮膚は削げ、本来なら白い骨があるべき場所から覗くのは鈍色に光る金属の光沢だった。

「が……あぁぁあグゴおおお！」

幾度目かの咆哮をあげ、倒れていたトムが実にあっさりと起き上がる。

口角から一筋の血が流れているが、それだけだ。

ダメージはろくに通っていないと思っていいだろう。

「なんですか、あれ……」

二度目となる質問が思わず口から溢れでた。

人間の骨はあそこまで光沢があるものだったろうか、と一瞬自分の常識を疑いそうになるが、実際そんなことはあり得ない。

生物である以上、骨は白と決まっている。

「強化人間……噂には聞いたことがあったが……まさか彼がそうだとはな」

「悠長にお話ししてる場合じゃねぇぞ！」

「大丈夫です！」

トムが突っ込んでくる予兆を示した瞬間、俺の体はすでに彼の懐にあった。

これ以上被害を広げるわけにはいかない。

「あなたが何なのかは分かりませんが！　倒させていただきます！」

刹那に詰められたトムは、自分の下から声が聞こえたことにひどく驚いたらしく、一瞬その身を強張らせた。

宣言と共にトムの腹部へ掌底を入れ、もう片方の手も顎の先端へ掌底を叩き込む。

歯が砕ける音がなり、血しぶきと砕けた歯が同時に彼の口から噴き出した。

鎧には放射状の亀裂が入り、あと数度の打撃で砕き壊すことが可能だろう。

だが俺の手はそこで止まらない。

掌底を拳へと変え、胴体全体に連撃を叩き込んでいく。

反動でトムの体が宙に浮くが、それでも連打を止めることはしない。

そして鎧の胴体部分が粉々に砕け散り、トムの素肌が剥き出しになった。

砕けた鎧の破片がいくつも肉体に突き刺さり、ズタズタになってはいるが当然トムの動きに変化はない。

痛覚などもう残っていないのだろう。

痛覚だけではなく、五感と特定の感情以外全てを失ってしまっているのだろう。

彼に渦巻いている激情を窺い知ることは出来ないが、人の道を捨て悪鬼となったトムに手加減をするつもりはない。

勢いを付け、必殺の回し蹴りを腹部に叩き込むが鳴ったのは先ほどと同じ金属音。

強化人間。

バルティーの言葉が脳裏に浮かぶ。

頭部と腹部がこうならば、トムの全身の骨格が金属的な何かで構成されていると考えていいだろう。

どんな剛質な素材なのかは分からないが、トムを無効化するのなら全てを粉砕するしかないのだ。

「ガァう！」

「しまっ！」

叩き込んだ回し蹴りは綺麗に入ったが、どうやらトムはそれを待っていたようだ。

回し蹴りが入った瞬間、俺の足首がトムの豪腕により掴まれた。

そのまま高速で振り上げられた俺は二度、三度と地面に叩きつけられ、そのたびに地揺れのような音がなる。

「ぐふ……」

肺の中の空気が強制的に押し出され、呼吸がままならない。

頭部は咄嗟に腕でカバーしているので致命的な被害ではない。

何度目かの叩き付けの際、振り上げられた勢いを利用し、トムの腕に絡みつくように体を持ち上げた。

空いているもう片方の足で思い切り首を蹴り飛ばす。

延髄を蹴り飛ばされた衝撃でトムの手は離れ、文字通り魔の手から脱出する事に成功した。

「バルティーさんとタッカーさんはノースさんと一緒に他の冒険者を！」

「分かった！」

「そんなキチガイ野郎ぶっとばしちまえ！」

足早に駆けていく二人を横目に、ふしゅふしゅと呼気を漏らすトムと相対する。

「まだまだ、ですね。どんだけ頑丈なんですかあなたは……それだけの肉体をお持ちならもう少し別の生き方もあったでしょうに」

「オアァアアアア！」

人間が出す声とは思えない怨嗟(えんさ)の響きを放つトム。

俺の連撃が少なからず効いていたのか、目と鼻と口から流血を見せるトムの形相は地獄の鬼を連想させる。

「そうですね。今更言っても遅いですね。私が責任を持ってあなたを眠らせます……お覚悟を！」

「ギャオウウウウウ‼」

俺の言葉が通じているとは思えないが、まるで呼応するように雄叫びを上げ、体液を撒き散らしながら突撃を敢行するトム。

踏み込みと同時に爆発が起き、轟音と共に暴風の具現化が押し寄せる。

理性があれば、ある程度攻撃のパターンというものがあるのだが、闘争本能だけで動く狂戦士にパターンなど存在しない。

力とスピードに任せて出鱈目に攻撃を繰り出してくる。

殴り、掴み、蹴り、体当たり、貫手、体の全てを武器に転化し全方位から攻撃を仕掛けてくるトムに対し、俺は冷静に一撃一撃の軌道を読んで回避する。

「がっ！　くそっ……痛ぁ……」

しかし一撃の速度が尋常でなく速く、しかも不規則に軌道を変えてくるのだ。

躱したと思った拳が引きもどり、チョップの形になり俺の延髄に決まった。

一瞬視界が揺れるが、下唇を噛みしめることで意識を保持しサイドステップで一度距離を取る。

トムがそれを許してくれるはずがなく、人間では到底不可能な慣性を無視した動きで追いつかれる。

「やばっ！」

鬼の形相で迫るトムの他に、黒い影が迫るのを視界に捉えた俺は、慌ててブリッジの要領でそれを回避する。

ごっ！　という不吉な音と共に黒い影は俺の上を飛びすさり後方の壁に激突した。

合わせて突進を繰り出してきたトムを躱しつつ壁に目を向けると、俺の頭ほどもある岩が壁にめり込んでおり、嫌な予感がふつふつと湧き上がってくる。

「ここに来て飛び道具を使い始めるって……あなた成長してませんかね……」

「ガァ……ぐうう！　アアッ！」

「あなた今笑って……っとあっぶな！」

俺は確かに見た。

憤怒の色濃い鬼の顔の口角が少しだけ上がったのを見た。

血の涙と鼻血、血泡で濡れた顔がほんの少しだけいびつに動いたのを見た。

しかしそれを再度確認するいとまも無く、トムの蹴り飛ばした瓦礫が俺めがけてすっ飛んでくる。

地面にはトムが粉砕した床の瓦礫が無数に散乱しており、あれらが全てトムの武器になると考えるとゾッとする。

トムが瓦礫で殴りつけてこようものなら、それは最早防御すら無意味なものになるだろう。

あの尋常でない力とスピードが瓦礫に上乗せされるのだ。

単なる質量攻撃では済まされない威力となるのは明白。

おかげでトムの危険度が数倍に膨れ上がった。

「【フルポテンシャル】【オーバーストリングス】【ペインキャンセラー】【ストロングセンス】……ほんと……勘弁してくださいよ……ね！」

すでに強化魔法をかけている所に、更に上乗せで強化を行う。

身体能力がミシリ、と数段階上昇した感覚を受け、トムへ必殺の一撃をお見舞いするべく文殊を発動させた。

「【フレイムバスターアームズ】！」

拳を握り、もう片方の手で手首を握る。

火の文殊が真紅の煌(きら)めきを灯し、真っ赤な炎が俺の拳を包み込んだ。

風の文殊が深緑の輝きを放ち、炎の温度を上げていく。

拳を武器と想定し炎に魔力を注ぎ込むと炎は橙、青へと変質していく。

この技はクーガ対ウンヴェッターの戦いを見てヒントを得た技だ。

トムが城壁ならば立ち向かう俺の拳は攻城兵器、破城槌をイメージし炎をまとった己の拳を後方に引きしぼる。

拳の炎は腕全体へと行き渡り、肘から先は魔導バーナーのような激しい噴流音が鳴っている。

炎は周囲の空気を取り込み気流を生み出す、それを風の文殊でコントロールし更に空気を送り込むことで推進力を生み出しているのだ。

強烈な推進力により引き絞っている腕がガクガクと振動を始め、推力は解き放たれるのを今か今かと待ちわびる。

「あああああ！」

「グウウオオオ！」

対するトムも片腕を後方に引き、体は半身になっている、どうやら俺と同じ軌道にストレートを放つようだ。

拳の中には瓦礫の塊が見えており、ただのパンチではないことは分かっている。

瞬間、閃光と轟音が鳴り響き、拳同士の衝突により衝撃波が生まれた。

「はああ！」

俺の拳とトムの拳が激突し、一瞬拮抗状態になるが、勝ったのは俺だ。

ゴギリ、とトムの拳がひしゃげ彼の肘からは光沢のある骨格が飛び出していた。

骨格自体に折れた様子はなく、ただ単に肘の関節が外れ外皮と鎧を突き破ったのだろう。

骨格には体組織や筋が張り付いており、少なからずダメージを与えられたと確信した。

だが――。

「うぶっ！」

大技を繰り出した反動でゼロコンマの硬直が体全身を襲い、その隙を突かれ脇腹へ強烈な蹴りが綺麗に叩き込まれた。

刹那で壁に叩きつけられ、口から血が吐き出される。

まずい、視界が霞む。

小柄な俺の体だ。

トムの強烈な蹴りをもらえば吹っ飛ばされるのが道理であり、いくら身体強化を施しているとはいえ、少なからず被害はある。

「いったた……あばらが数本イカれたか……ゴホッゴホ！　プッ！」

口に溜まった血を吐き出し、手を脇腹に当てて治癒魔法を唱える。

結構な激痛なのだろうが、痛覚軽減の魔法【ペインキャンセラー】のおかげで、意識を飛ばすほどの痛みはない。

「【ヘビーウォール】！」

「【ロックバインド】！」

『【アースジュエル】！』

ノースとリッチモンドの声が聞こえ、目の前に分厚いクリアグレーの壁が出現し、その壁にトムが激突していた。

どうやら俺を蹴り飛ばしたと同時に体当たりを仕掛けてきていたらしく、ノースが咄嗟に障壁を張ってくれたのだろう。

そして障壁に阻まれたトムの体が、リッチモンドの拘束魔法により、がんじがらめにされていく。石の蛇を思わせるそれは四肢を、胴体を完全に封じ込め、身動き一つさせないとばかりの締め付けだった。

「オアアアッ！」

しかし狂戦士であるトムの動きを封じるのには不十分だった。

咆哮一つ、パンプアップの要領で肉体を増強したトムは、一瞬でリッチモンドの拘束から脱し、シャルルの生み出した岩の檻(おり)を容易く破壊して、狂乱の雄叫びを上げた。

「あなたの相手はこっちですよ！」

リッチモンドの拘束を脱したトムが、攻撃対象をリッチモンドとノースに移行しようとした瞬間、飛び込んだ俺の後ろ回し蹴りがトムの顔面に炸裂。

大きくバランスを崩したトムだが、それで倒れるような存在ではない。

後ろ回し蹴りから体をひねり同じ箇所に回し蹴りを打ち込む。

トムがたたらを踏んだのを見て、好機と判断した俺は顔面、首、胴体へと容赦のない連撃を加えていく。

攻撃のたびに外皮が削れていき、殴りつけるたびに体をよろめかせるトム。

右腕は破壊されだらりと垂れている。

彼の右肘あたりからは骨格が飛び出たままなので、再生能力などは備わっていないようだ。

「があっ！　グウウ！」

「なるほど、これならば勝機も見えてきましたね」

右腕を失ったということは武器が一つ失われたと同義。

先ほどの攻撃が通じたのであれば、今度は足を砕けば動きを封じられる。

ならば。

「お返しです！」

再びフレイムバスターアームズを発動させ、よろめいた隙をついて左の膝へ叩き込む。

ゴギン！　という硬質な音が鳴り膝の後ろから砕けた骨格が姿を現した。

「グアアアアア！」

痛みを感じないはずのトムが絶叫をあげ、仰向けに倒れ伏した。

そして右膝にもう一撃。

関節を砕かれたトムが起き上がることはなく、獣のような咆哮をあげながら横たわっている。

念のために左腕の肩部分にも技を叩き込んで破壊し、無効化に成功した。

動けないのを理解出来ないのか、必死に体を動かして立ち上がろうとするがそれは叶わない。

いくら狂戦士といえど、四肢がなければただの肉の塊であり、理性なども飛んでいるために魔法を行使される危険もない。

「ですがこれでも意識は失わないのですね……」

痛みを感じないということは、いくら肉体を欠損しても動き続けるということであり、思考回路である頭部を粉砕しない限り活動は続くだろう。

しかし俺個人としては出来れば最後は人として終わらせてあげたい気持ちが強い。

のたうち回り、四肢を砕かれても俺への殺意を猛然と叩きつけてくるトムを見下ろしていると、ある考えが脳裏をよぎる。

仮に狂戦士状態が恐慌や混乱、錯乱の類のバッドステータスとして扱われているのなら、それを解除すればもしや、と思ったのだ。

「【マインドリカバリー】」

アンデッドの特殊攻撃を受けた者や、精神関連の疾患に対して高い効力を発揮する浄化系魔法、【マインドリカバリー】。

戦場に立つ兵士達は、戦闘ストレス反応や心的外傷後ストレス症候群（ＰＴＳＤ）という精神疾患を患うことが多い。

戦場での不安、戦闘の外傷、張り詰めた緊張感など様々な要因によって引き起こされる心の病気だ。

そういった者へ行う処置法として高い効果を発揮するこの魔法ならば、チャンスがあるかもしれない。

「ガアッ！　グウウ……オオオ……」

血だらけになったトムの頭部へ手をかざし、目をつぶって魔法に意識を集中させる。

頭部が淡い輝きにより包まれ、トムの咆哮は弱くなっていき呻き声のような小ささへと変化していく。

魔法の影響なのかは分からないが、びくびくと体が痙攣を始め口からは血泡が大量に漏れ出してくる。

「やっぱりダメなのか……！」

掌（てのひら）に込めた魔力をさらに上乗せし、脳へのダメージを軽減するべく治癒魔法との同時発動を試みる。

さらに【マインドリカバリー】の効力を強制的に引き上げるべく、魔力を練り魔法へ注ぎ込んでいった。

どれくらい集中していたのかは分からないが、瞑っている瞼の裏に、なぜか小さな灯りが灯り、意識が少しずつ光に吸い寄せられ始めた。

「なんだこれ……こんな現象知らないぞ……」

意識が引かれる速度は徐々に増していき、光は大量の波となり、俺の意識を呑み込んでいったのだった。

◇　◇　◇

「く……ここは……どこだ？」

光の奔流が晴れた後、俺はなぜか見知らぬ土地に一人突っ立っていた。

荒野と草原が混在したような場所には俺以外の存在は見当たらず、風の匂いも感じない。

しばらく歩いてみると、荒野の上にポツンと何かが建っているのを見つけた。

「檻……？　でもなんでこんな所に」

監獄（かんごく）にあるような鋼鉄の格子扉と、継ぎ目のない壁で囲まれた独房のような建物がそこにはあった。

『入れ！』

突如頭上から怒鳴り声が聞こえた。

てっきり俺に対しての言葉だと思ったのだが、目の前の格子扉が音もなく開き、ボロボロの衣服を着た男性が投げ飛ばされ、扉は再び閉じた。

「え……？　トム、さん？」

『貴様の死刑は四日後だ！　それまでに自分のしたことを悔やみ続けるのだな！』

投げ飛ばされた男に対し、吐き捨てるように言い放たれた言葉は余韻を残し、宙へと消えていった。

格子扉越しに、中でうずくまる男の顔を見る。

なぜこんな事になっているのか皆目見当が付かないが、確かに目の前にいる男はトムだった。

先ほどよりもかなりやせ細り、頬はこけ、目には病的なほどのクマが出来ていた。

『テメェふざけんじゃねぇ！』

『ぶっ殺してやる！』

『ふん、領主様の馬車を襲うとはいい度胸をしているな』

『妹を返しやがれ変態野郎が！　あいつはまだ十歳なんだぞ！』

『領主様の馬車を襲い、あまつさえその手にかけ殺害しようとした罪、万死に値する』

『ドブネズミの妹が一匹消えた所でなんの問題も無いだろう？』

「な、なんだこれ……頭が……割れる……」

ぼうっとトムを見つめていると、脳内に誰のものか分からない罵声と、トムらしき声がガンガンと反響し始めた。

目の前のトムは俺に気付く様子もなく、ただ独房の壁を見つめている。

声は響き続け、脳が揺さぶられるような錯覚すら覚える。

身なりは薄汚れているが、爛漫な笑顔を見せる少女の姿がチカチカと点滅する。

その少女が強引に幌馬車へと押し込まれ、痩せ細ったトムがリンチにあっている。

千切れた映像の断片がフラッシュのように目まぐるしく脳裏を走り、押し寄せる。

「やめろ……黙れよ……くそ。なんだってんだこれ……！」

『お前はなんの価値も無いゴミだ。人がゴミに何をしようと勝手だろう？』

『おにいちゃん！　今日は野菜クズを拾ったよ！』

『戦争孤児だってよ……かわいそうに……』

『あのあたりは火災もひどかったからねぇ……逃げ遅れた住民が多かったそうだ』

『戦争で一番被害を受けるのは住民だというのに、国は何を考えている！』

「あが……グアアあ……」

燃え盛る町の様子が高速で明滅し、逃げ惑う人々とそれを蹂躙し殺戮に走る見知らぬ兵の映像。

ひどい、ひどく凄惨な光景だ。

女子供関係なく、兵士の兇刃が煌めき、血が舞い散る。

頭が、痛い。

脳が破裂しそうだ。

俺はなんだ？

これはなんだ？

どうしてこんな所にいるんだ。

つぅ、と鼻の下に生暖かい液体が垂れ、手で拭う。

鼻血だ。

手の甲にべったりとついた自分の血。

真っ赤な血。

それを見つめていると不意に景色が変わった。

『ここでお前達は生まれ変わる』

『貴様らのような大罪人が国のために働ける事を光栄に思え』

『敵国に死を』

荒野と草原が混在したような風景から一変。

煌々と光る白色の下、ずた袋のような衣服を着せられ、拘束具を付けられた男女が数十人、研究員風の男の前に立っていた。

『殺す殺す殺す壊す壊す壊すひひひひひ！』

『あ、が、かげ、くるしい。きいろ、アカ、獣』

『こいつも失敗か。処分しろ』

病院のベッドのような場所に横たわる複数の男女が、意味不明な言葉を発し暴れている。

そんな彼らを前に研究員らしき人物が作業員に指示を出し、暴れている人達の口に薬剤を詰め込み、命を奪っていく。

場面は切り替わり、体のあちこちに細いチューブを繋がれた裸体の男女が、大きなカプセルに入れられ、胎児のように丸まっているのが見えた。

カプセルの反対側の壁は鏡になっており、そのカプセルの中には、やせ細っていたのが嘘のように、筋骨隆々に発達したトムの体もあった。

まるで俺自身がトムの目を通して、鏡を見ているような錯覚に陥る。


『――強化兵の成功体はおよそ五百体。一体一体に流体金属を流し込み、強化骨格として安定。筋肉にはモンスターの筋繊維を移植し定着、拒否反応は薬剤により強制的に沈静化させました。神経や脳の伝達回路にも手を加え、常人の数十倍の反応速度を出すことが可能です。改造に耐えられず破損した肉体や、衝動が強く精神が不安定な者は解体し、再利用する予定です』

『素晴らしい……お前達は強化兵として帝国の礎となるのだ。お前達はゴミでも有効活用出来るゴミなのだよ』

『将軍、洗脳が済み次第、順次戦場への配備が可能です』

視点が変わり、なぜか俺は、カプセルの中から研究員と将軍と呼ばれた男の会話を聞いていた。

手足は一切動かず、薄く開いた瞼から覗く眼球だけがぎょろぎょろと動く。

「これは……トムの記憶、か……？」

先程感じた感覚は錯覚ではなく、事実、俺がトムの体に憑依(ひょうい)しているようだった。

どうやらマインドリカバリーに注ぎ込む魔力が多すぎて、記憶の逆流が起きているらしい。

トムの記憶が俺に流れ込んでいるのか、はたまた俺の意識がトムの記憶に流れ込んでいるのかは分からない。

意識が溶け合い、俺が俺で無くなるような感覚を抱きつつも、それを止める事は不可能だった。

再び場面は切り替わり、怒号と悲鳴、魔法の爆音が飛び交う戦場へと視界がシフトした。

俺は大斧を担ぎ、振り回すたびに敵の首が、胴が、腕が、足が飛散する。

戦場を歩き、ただ淡々と敵兵を処理する殺戮部隊。

底冷えするような冷たい殺意以外、俺の心には何も無い。

殺せ、壊せ、蹂躙せよ、踏み潰せ、叩き潰せ。

そんな命令が脳内に繰り返し流れ、途切れることはない。

俺の周囲には命令に従い殺戮の限りを尽くす強化兵達の姿。

魔法の砲撃により、一人の強化兵が爆散し、下半身のみとなって地面に倒れた。

だが爆散した様子を見ても強化兵に揺らぎはなく、ひたすら直進し、障害となる全てに牙を剥いた。


『――作戦は終了だ。戦闘地域を離脱し、速やかに帰投せよ』

一体どれほどの敵兵を屠(ほふ)ったか分からない。

一体どのくらいの時間斧を振り続けていたのか分からない。

ただ漫然とした思考の中に突如、誰のものか分からない男の声がした。

声が聞こえたと同時に、踵を返し帰投場所へと向かう俺と他の強化兵。

燃え盛る家屋に、瓦礫と化した建物群、地面に転がる無数の死体。

ここはどうやら市街地のようだ。

どこの国かいつの時代かは分からないが、戦争とはかくもこう凄惨なものなのだろうか。

戦争とは無縁な生活を送ってきた俺。

死刑囚として投獄され、強化兵となり戦場を蹂躙し続けたトム。

あの猛烈なフラッシュのような映像は、おそらくトム自身の記憶のフラッシュバックだったのだろう。

リカバリーマインドを発動していたはずが、どういうわけかトムの記憶に同調してしまっているようだ。

強化兵となったトムは戦争の最前線に送られ、市街地戦、夜戦、攻城戦、あらゆる戦闘に駆り出された。

その度に強化兵の数は減り、また違う強化兵が続々と投入されていった。

数多の戦場を生き抜いた俺は部隊長を担っているらしく、自分の部隊を率いて戦場を練り歩いていた。

俺の視界が次々に切り替わり、幾度もの凄惨な光景をまざまざと見せつけられた。

それはまさに地獄絵図であり、常人ならば確実に精神に異常をきたすだろう。

「戦闘ストレス……か」

何十回目かの戦闘シーンが終わり、制圧した街へ味方の兵らが略奪を仕掛けている中で、俺は家屋の探索に同行していた。

そんな時だった。

カコン、と小さな音が鳴った。

千切れかけていた建材が落ちたのか、もしくはそこに人が隠れているか。

味方の兵に命令され、音のした方へ無遠慮に歩いていく俺。

重なった瓦礫を押しのけると、暖炉であったのだろう隙間の中に一人の少女が隠れており、その表情は絶望と恐怖でぐしゃぐしゃに歪んでいた。

よく見れば瓦礫の下には数人の死体。

着ている服からすると一般人なのだろう、そしてこの少女の親族であろうことも予測できた。

『なーんだ！　ここにうまそうな肉があるじゃないか！』

背後でやけに甲高い声が聞こえた。

見れば味方の兵が舌なめずりをして少女を見つめており、目には好色の色が濃く浮かんでいた。

肉だというのは食料としての意味合いではなく、玩具としての肉。

兵達は全て男で構成されており、戦時中という事もあり、女性とそういう行為をする機会もない。

上級士官などはストレス緩和のために娼婦があてがわれる事もあるが、一般兵にそんな類は回ってこない。

なので制圧した街の生き残りに女性がいた場合、溜まっていたモノを発散させるべく行われる行為――強姦（ごうかん）である。

いきり立った兵は少女の腕を掴み、床に引きずり出した。

『やだ！　やだあああ！　助けて！』

悲痛な少女の泣き声が廃屋に響き、俺の脳内にうるさいぐらい反響する。

ピクリ、と俺の指が動いた気がした。

冷たい殺意で満たされていた心が少女の泣き声で上書きされていく。

やがて俺の――トムの口がゆっくりと開き。

『や、めろ』

『あぁ!?　ゴーレムは黙ってろよ！』

兵達の間で強化兵はゴーレムとして呼ばれており、人として扱われることはない。

何しろ自我もなく、言葉も一切喋らずに行動する戦闘兵器だ。ゴーレムと大差はないだろう。

耐久性でいえばゴーレムへ軍配が上がるが、強化兵の方が何かと運用が便利だ、と研究員と将軍が話していたのを覚えている。

だがこの時、兵は気付くべきだったのだ。

喋る事のない強化兵が口を開いたことに。

騒ぎを聞きつけた周囲の兵がわらわらと集まり泣き叫び縮こまる少女を取り囲む。

『いも……う、とを』

再び口を開き、うわごとのように呟く。

心の中でざわざわと何かが騒(ざわ)めく。

爛漫な笑顔を浮かべ、貧しいながらも支え合ってきたトムの妹の姿が脳裏にフラッシュバックする。

馬車に押し込まれる妹、それを奪い返そうとするトム。

バチバチと脳裏に激しいスパークが起き、視界が極彩色(ごくさいしき)で彩られる。

『やめろ……！』

兵に馬乗りにされ、衣服が剥ぎ取られ、口枷がはめられていく少女と、生きているのか死んでいるのかも分からないかつての妹が重なる。

少女を蹂躙することに夢中だった兵は、トムが喋っていることに気付かない。

そしてトムが動き、背中にかけていた大斧を手に握った。

数百の命を吸い取ってきた斧が煌めき、目の前にいた兵の首が四つほど飛んだ。

『やめろって言ってんだろこのド外道(げどう)共がああ！』

空気を揺らすほどの絶叫が灰色の曇天(どんてん)に伸びた。

大量の血飛沫(しぶき)が噴水のように舞い、集まった兵の上から降り注ぎ、周囲は一瞬で血の海へと変わる。

朦朧とした意識の中、トムの思考は過去へと飛ぶ。

目の前にいるのは兵ではなく、妹を連れ去った領主やその配下。

守れなかった妹が目の前にいる。

殺意、破壊衝動、自責、後悔、憎悪、あらゆる感情と封じられていた記憶がぐちゃぐちゃに混在し合いトムの脳は限界寸前であった。

完全に無防備だった兵達は、枷が外れたトムになす術もなく両断され、分断され、ミンチになり、原型を無くした肉の中に呆然とする少女が一人、目を瞑りながらガタガタと震えていた。

『だい、ダイジョブ、か』

「いや……いや……こないでぇ……」

薄く目を開けた少女と目が合い、手を差し出すが、恐怖に染まった少女は血まみれの男を許容するだけの余力はなかった。

少女の震える声により、混沌とした意識が穏やかになっていくのが分かった。

もはや俺はトムなのかフィガロなのか、それすらも曖昧になってきている。

だが俺は少女の声によりまともな思考を取り戻し、自らに起きた事を思い出した。

そう、俺はもう人間ではない。

体にはモンスターの体組織が埋め込まれ、骨は金属と化している。

眼球でさえ人間の物か分からない。

しかし分かるのは目の前にいる少女は妹ではなく、制圧したとは言えここは戦場なのだ。

『すまん……逃げろ』

俺は少女にそう伝え、切り飛ばした味方の兵の首を掴み静かに歩き出した。

その後、切り飛ばした首を手に向かったのは作戦司令部。

司令部に詰めていた上級士官に首を叩きつけると、あっという間に味方の兵達に囲まれた。

そうなるのは当然の結果だし、こちらが望んでいることでもあった。

一般兵が強化兵に攻撃をしかけたところで、一般兵に勝ち目などない。

分かっているからこそ囲んだだけで、攻撃に転じる者は誰一人としていなかった。

『魔法で動きを封じろ！』

上級士官が指示を出し、魔法兵が拘束魔法を唱えるが無駄な事。

一般魔法兵の使う拘束魔法では、ある程度魔法耐性のある強化兵を止めることなど出来はしない。

だが混乱で冷静な判断が出来なくなっている士官は、その事実を記憶の片隅に追いやってしまっていた。

『やめろ。貴様らでは俺に勝てない事ぐらい分かるだろう。行かせてくれ、人を探したい』

『味方殺しを見逃せと、そう言うのか？』

こちらをまっすぐに見つめる上級士官の瞳を、負けじと真正面から睨み返し言葉を続ける。

『あぁ、俺は味方殺しだ。だからここを去る。貴様らには俺を止められない、引き留める理由もない、それとも今ここで全員死にたいか？』

全身から殺気を噴き出しながら言うと、上級士官は口をつぐみ周囲の兵も武器を下ろした。

『世話に、なった』

それだけ言って踵を返し、営倉にて食料となりそうな物を物色した後、静かに戦場を去ろうとした際のこと。

『なんだお前ら。やろうってのか』

どこから現れたのか、目の前には俺の部隊の強化兵が四人、武器も構えずに立っていた。

強化兵達は例に漏れず、言葉を発しない。

『あぁそうか。思念リンクしてんだっけな。忘れてたぜ……なら、行こうか。お前らには色々手伝ってもらうぜ？』

強化兵には部隊の統率を図るために、隊長格の強化兵と一般強化兵の間で、思念リンクが構築されている。

これにより、隊長格へ与えられた命令が部下の強化兵へと、速やかに伝達される仕組みとなっている。

今の俺は洗脳が解け、自我が復活しているのだから、俺の意思でこの強化兵達を使ってやればいい。

『さて……あれから何年経ってっか分かんねぇけどよ。とりあえず領主様へご挨拶に行かねぇとな。行くぜ、強化兵団ハンニバルよ」

ハンニバルとは俺が率いていた部隊の名前であり、強化兵達に名前はない。

呼称される時は製造番号で呼ばれていた。

名前をつける、なんて面倒臭いことはしたくないので部隊名をそのまま引用してやることにした。

俺の中に確かな目的意識が芽生え、目には激情の炎が灯る。

『……それと……俺の中にいるお前。いつから居たかも顔も声も知らねぇがよ、そろそろ出て行ってくれや。もう店じまいだぜ』

虚空を眺めながら放たれたその呟きはトムのものであり、それを聞いた途端、俺（トム）の姿が遠く離れていき、俺（フィガロ）の意識は暗転した。

◇◇◇

「フィガロ！　おい！　聞いてるのかフィガロ！」

「ダメだ。反応がない。瞳孔も完全に開ききっているが脈拍は正常に動いている……一体どうなってるんだ」

フィガロがトムの記憶世界へダイブした数分後、トムの頭に手をかざし石像のように動かなくなってしまったフィガロを、ブレイブとフォックスハウンドが取り囲んでいた。

「精神汚染……かも……」

『フィガロ……』

「恐らくフィガロの使った魔法は【マインドリカバリー】だろうね。浄化魔法でも調整が難しいと言われている魔法だけど……フィガロの魔力が強すぎて、彼の精神を治すどころか、彼の精神を取り込んで同調してしまっている可能性もあるね。ま、でも大丈夫さ。同調は一時的なものだしすぐに意識を取り戻すだろう」

ノースが錫杖を握り心配そうに呟くが、リッチモンドの丁寧な説明のおかげで安堵の表情を浮かべた。

「汚染じゃ……ないの？」

「もし精神汚染の場合であれば……こんなに大人しくしていないよ。錯乱状態になって生体反応ももっと顕著なものになるね」

リッチモンドがフィガロの頬をつねり、口を開けたりビンタしたりと様々にいじくり回すが、フィガロは無反応だった。

「ほなウチらは、茶でもすすって待ってればええでっしゃろか？」

「カーチス！」

「冗談でっしゃろ……そない怖い顔せんといてやベルはん」

早々に地面に腰を下ろしたカーチスだがその顔は疲れが色濃い。狂戦士化したトムの猛攻を一手に引き受けていたのだ、それも当たり前の話だろう。

少し強い口調でベルがたしなめると、肩をすくめたカーチスが水筒の水をグビリと飲み干した。

『いざとなれば、この私がマスターを呼び戻します。文殊を通して生体リンクしているこの私にしか出来ない、唯一の救済措置。そう！　私とマスターとの強い絆があるからこそ出来るのです！』

正面に座り込み、フィガロの様子をじっと見つめていたクーガが、誇らしげに言った。

文殊を錬成する際に、フィガロの血とクーガの体毛が使用されていた理由はここにある。

仮にフィガロが何者かに意識や精神、思考、肉体を操られてしまったとしても、文殊を媒介にクーガの力を流し込む事によって、その効力を無効化出来るのだ。

これは逆も然(しか)りであり、強力な力を持つフィガロとクーガを守る術(すべ)としてクライシスが組み込んだ、安全装置のようなものである。

森の中でクライシスに説明された時は、フィガロに限ってそんな事態になることはないだろうし、自分も操られることなどないと自負していたが、今がまさにその時かと、クーガはクライシスに舌を巻いていた。

そんなブレイブとフォックスハウンドを遠巻きに見つめるトムの取り巻き達の表情は、これからどうなってしまうのかという不安の色に彩られていた。

そして皆が見守ること数十分後——。

◇　◇　◇

「おい……ガキィ……フィガロっつったか」

「う……はい……」

暗転した後、視界が開けた時語りかけてきたのは誰でもない、トムだった。

一瞬まだあの続きを見ているのかと思ったが、周囲にブレイブやリッチモンド、クーガの姿を認めて自分が現実に帰ってきたことを知った。

皆口を揃えて大丈夫かと問い詰めてくるが、気分的には最悪だが体調には問題ないと告げると安心してくれたようだ。

「気が……ついたんですね」

「まぁな。それよりもテメェ、俺の過去を覗き見しやがったな……？　しかもあん時俺の中にいたのはテメェかよ。ん？　俺の体が……クソッ！」

どうやら俺がかけたリカバリーマインドが功を奏したらしく、顔面血まみれのトムがとことん不機嫌な口調で不満を述べている。

「まぁ、覗き見するつもりなんて無かったんですけどね。というより、よく私があなたの中にいるって分かりましたね。私なんてあなたに半分、呑み込まれていたというのに」

「そりゃあ、頭の中に別の人間の意識が入ってくりゃあ誰だって分かる。馬鹿にしてんのかテメェ」

「馬鹿になんてしてません。凄いな、と純粋に言いたいだけです」

「けっ！　認めたかねぇが俺は負けたらしいな」

「はい。私が勝ちました」

「そうかよ」

「はい、そうです」

手足を砕かれてなす術もなく地面に転がるトムに、バルティーがゆっくりと近付き、言いにくそうに口を開いた。

「おい。トム、お前は……やってはいけない事をしたんだ。覚えていないだろうがな」

「あぁ？　んだよ。俺が何したっつーんだよ」

「あれを見ろ。お前の凶行により命を落とした者達だ」

バルティーは目線だけ動かし、地面に並べられているトムの取り巻きの亡骸(なきがら)をちらりと見て、再びトムへ視線を戻した。

「な……」

流石(さすが)のトムも、その凄惨な光景を見ると驚きを隠しきれないようで、しばしの間、絶句していた。

「そうかよ……まさかこの俺様がな……いいぜ、殺せよ」

状況を理解したのか、トムは吐き捨てるようにそう言って目を閉じた。

「何があったか聞かないんですか？」

「聞く必要もねぇ。俺は死ぬ、それだけだ」

「分かりました。あの、バルティーさん、少し、席を外していただけませんか」

目をつぶり、微動だにしないトムを見下ろしていたバルティーが頷く。

「いいだろう。ブレイブメンバーはトムの取り巻き達を迷宮外へ送れ。その後は上で待機していてくれ。トムの死亡確認が済んだらすぐに行く。フィガロ、私は隣のエリアにいる。終わったら知らせに来てくれ」

「分かりました」

俺の頼みを快諾してくれたバルティーは踵を返し、他のメンバーもバルティーの指示に従いそそくさと帰り支度を始めた。

当のバルティーは自分の荷物をまとめると元来た道へと引き返していった。

『マスター、私達は？』

「僕達もいなくなった方がいいかい？」

『フィガロの言うとおりにするわよ』

突然慌ただしくなった中、クーガとリッチモンドが飄々（ひょうひょう）として現れた。

二人は事の成り行きに対して興味はないらしく、別段神妙そうな顔をしているわけでもなかった。

「いや、二人は……少し離れて……見届けてくれ」

「分かったよ」

『かしこまりました』

壁際まで二人が下がった時、目を閉じていたトムが薄眼をあけ、口を開いた。

「ふん。変な気を回しやがって」

「これは私の気分ですのでお気になさらず。さて、では言い残すことはありますか？」

薄眼を開け、天井を見つめるトムは何かを考え、数分後に再び口を開いて言った。

「……ぁあ……ハンニバルの連中を、頼みたい」

「いいですよ」

「即答か……」

「そりゃあ少しですがあなたの記憶を共有してしまいましたからね。あなたが配下の強化兵をどう思っているかも、ね」

「けっ……最後まで本当にいけすかねぇガキだなテメェはよ」

「よっこいしょっと……よく言われます。それに、あなた達強化兵は修理という概念がないのでしょう？　壊れたら処分、もしくは自爆処理、いえ、何より……今は直す術がない」

四肢を粉砕されたトムの体を掴み、壁際まで引き寄せ座り込むような形で体を安定させる。

寝た状態よりこの方が彼も喋りやすいかと思ったゆえの行為だ。

「まあな。強化兵はちょっとやそっとじゃ壊れねぇ、上級魔法の直撃で半壊ってところだな。捕縛される時もあるが、そんときゃ自動的に自爆する思考パターンになってた。それと、修理って概念がないわけじゃあねぇよ。肉体的な軽い損傷くらいなら回復魔法で治る。ただ骨格をやられた強化兵を直すには……俺の国、帝国に帰らなきゃダメだ。だから国を出て十年近く経った今、ハンニバルの連中も俺も、それなりにガタがきてる。飯を食ってどうにかなる問題じゃねぇ。よく分からねぇが特殊な薬だとか色々な、必要らしいんだわ。俺自身、今の体を完全に理解している訳じゃねぇしな。軍を飛び出して、ここまで長く生き長らえるつもりも無かったんだが……まぁ俺がどう頑張っても、あいつらの自我は取り戻せなかったがな」

「残りの強化兵達を壊せ、ということですか？」

「そうなるな」

ふん、と鼻を鳴らすトムの視線は俺ではなく、虚空を見つめている。

「何笑ってるんですか？　彼らを勝手に戦場から連れ出しておいて無責任な方ですね」

「っせぇなテメェは！　しょうがねぇだろう！　あいつらには自我がねぇんだ！　喋りもしねぇし、俺が指示を出さねぇと飯も食わねぇ！　拠点にいる時だって、石像みてぇにずっと動かねぇ。あいつらは、俺がいなくなったらただの置物だ。飯も食わず、動きもせず、ただただ朽ちていくだけだ。あいならいっそ、テメェの力であいつらを解放してやって欲しい。こんな事を頼める義理じゃねぇと分かってっけどよ……俺をここまでボロボロにしたテメェなら、あいつらに引導を渡せると思ってよ」

「分かりました。ですが一つだけよろしいですか？」

「んだよ」

「あなたは初めてお会いした際、スカーレットファングの親衛隊だと言いましたが……一体どういう関係なのですか？」

「今それを聞くかよ……別段特別なことは何もねぇ、拾ってもらっただけのことよ。盗賊まがいの事をして生活していた時期があったんだがな、スカーレットの旦那が護衛しているキャラバンを襲った。んで負けた。で、俺達の特殊性に気付いた旦那が匿うと言ってくれた。そんだけだ。そっから俺達は旦那の指示の末、冒険者になって色々やってたんだよ」

「そうだったんですね。おまけにもう一つ、あなた方は将来有望な冒険者を潰して回っていたんですか？」

「はぁ？　んだそりゃ。しらねぇよ。俺はただスカーレットファングの陣営を広げろとしか指示を受けてねぇ……が、待てよ……そういやあ……」

「なんです？」

「いつからだか忘れたが……旦那の所に、仮面を被った変な奴が出入りしていたな……」

トムの言葉を聞いて、すぐに命を絶たないでよかったと思った。

トムと二人きりになった理由はここにあった。

死を目前にした今ならば、彼から何かしらの情報を得られるのではないかと考えたのだが、それは正解だったらしい。

「あなたはその仮面の人物を？」

「知らねぇよ。嘘じゃねぇ」

「そうですか」

トムの瞳をじっと覗きこむが、彼もまた俺の瞳をじっと見返してくる。

瞳の色を見る限り嘘は言っていないように思えた。

「聞きてえ事はそれだけか」

「そうですね。知らない人に何を聞いた所で返ってくる答えは同じですし」

「なら……頼んだぜ」

「はい。あなたの部下の強化兵達は、私の方で責任を持ちます。なので、あなたは安心して逝ってください」

目を閉じたトムから数メートルほど距離をとり、一呼吸。

トムが何を考え、どう生きてきたのかは同調したせいで手に取るように分かる。

半分呑み込まれかけたが、今ではきちんと離別出来ているし、大した問題にはならない。

そう思いつつ、俺はフレイムバスターアームズより遥かに威力の高い、攻撃魔法を発動させる。

「【炎渦騎士槍（フレイムヴォルテックスランス）】！」

目の前に現れた、真紅に熱された一本の螺旋（らせん）の石槍。おそらく俺が持つ魔法の中で、単体発動なら一番攻撃力がある。

槍から噴き上がる熱気に当てられ、少し肌がチリチリとひりつく。

強化兵であるトムを苦しませずに、一瞬で消し飛ばせるよう想いを込める。

殺さずに組合へ突き出せばまた話は変わってくるのだろうが、それはしたくないというのが俺の思いだ。

同調した記憶がチラつき、この人もある意味犠牲者だという、偽善ぶった考えが浮かんでしまう。

偽善でもなんでもいい、俺はこの人を眠らせたい。

それがトムの一番の願いだと知っているから。

人の命を奪うのはこれで何度目になるのだろう。

初めて人を殺(あや)めたのは、シャルルを助けた時だった。

あの時は無我夢中だったし、やらなきゃいけない状況だったし、後悔もしてないし、気にもしてない。

その後はなるべく人を殺めないように力をセーブして戦ってきたつもりだが、それでも何人か、命を奪ってしまった。

だが無抵抗の人間を殺めるのはこれが初めて。

無抵抗にしたのは俺なので、いささか語弊があるような気もするが。

「おやすみなさい、トムさん」

炎の軌跡を残し、騎士槍がゆっくりとトムへ向かっていく。

本来であれば感じる事のない刹那の間(ま)が、コマ送りのように目の前で過ぎていく。

思考が加速したような感覚に囚(とら)われるが、それも一瞬の事。

トムが居た場所に爆発が起き、俺はそこから静かに立ち去った。

「終わったか」

爆音を背に少し歩き、隣のエリアに着くと、壁に背を預けて立っているバルティーがいた。

「はい。終わりました」

どうしてだろう、バルティーの目をまっすぐに見られず、俺は視線を地面に落とす。

「この事はオルカ支部長に俺が直接話す。フィガロは同席しないでいい」

「はい、分かりました」

「大丈夫か？」

バルティーは何かを確認するように俺の隣に立ち、なだめるような優しい口調で聞いてきた。

「はい、大丈夫です」

「ならば涙を拭け、前を見ろ。胸を張れ」

頭をゆっくりと撫でられ、せき止めなければ嗚咽（おえつ）が漏れてしまいそうになる。

バルティーの手は優しく、彼の手の温かみがじんわりと伝わってくる。

「はい、はい……ごめんなさい」

無意識に謝罪の言葉が出たが、俺は何に対して謝っているのかが分からない。

止めどなく溢れる涙の理由すら分からない。

涙腺が壊れてしまったのかと思いたくなるほど、俺の意思とは関係なく流れ出してくるのだ。

「今回はただの事故だ、フィガロのせいではない。悪いタイミングが重なっただけだ」

「はい……分かって……ます」

バルティーの言葉は、先ほど起きた事件のあらゆる部分を内包して言っているのだろう。

そう、きっと誰も悪くない。

悪くないと、信じたい。

だが唐突に命を散らした冒険者達はもう、帰ってこない。

その事実を思うだけで胸が苦しくなる。

「……行こう。みんなが待っている」

ぽん、と肩を叩かれ押されるようにして歩き出す俺と、安心させるかのように俺の肩を強く握るバルティー。

「はい」

リッチモンドとクーガ、シャルルも合流した際は何も言葉を発する事はなかった。

昇降機で迷宮入口まで上がり、神妙な顔をしたブレイブの皆に迎えられた。

こうして俺の初めての迷宮探索は幕を閉じた。

色々とハプニングがあったが、結果的にはいい経験になったと信じたい。

そうでもしないと、やってられないから。

迷宮探索を終え、組合に戻ったフォックスハウンドこと俺とリッチモンドは、無事に九等級から六等級へ昇級できた。

ちなみに迷宮の突破日数は、オルカの予測通りだったらしく、特に驚いた様子もなかった。

迷宮探索時に獲得したモンスターの素材などは、フォックスハウンドが七割、ブレイブが三割という分け前となった。

今は素材よりもお金が欲しいので、配分された物は全て売却して換金しておいた。

リッチモンドにも渡そうとしたのだが、彼は「僕にお金は必要無いね」と言い、受け取ってくれなかった。

次の迷宮探索は四日後で、時間はかなりある。

そんなこんなで翌日のお昼前、俺の屋敷の近くにある商業区画へ足を運んでいた。

路面店の店員は威勢のいい声を張り上げ、ほとんどの店舗に、割引やらおまけやらの宣伝文句が書かれた垂れ幕がかかっている。

今日は歩行者天国という日らしく、いつもは馬車が通っている道も通行止めになり、行商人や露天商で溢れかえっていた。

露店には行商人が店を広げ、実に様々な商品を売っている。

アクセサリーに食器、薬草や小道具、雑貨、アンティークやインテリアなど、どんどん目移りしてしまった。

歩行者天国は今日から四日間、朝の十時から夕方十七時まで実施されるそうだ。通りの掲示板に、デカデカと記載されていた。

明後日はどうやらフリーマーケットらしく、ランチア中央市街全域から多くの住民が集まり、思い思いの物を持ち寄って販売するのだとか。

何それすっごい楽しみなんですけど。俺も出せるなら出してみたいな。

地下の金庫室に大量に埋もれてる品々の中には、それなりに売れる物もあるだろう。

ちなみに今日、商業区画に来たのは家具の新調という名目だ。

屋敷内にも昔の家具があるにはあるのだが、デザインが二百年前の物なので新しくしたらどうか、とリッチモンドに提案されたのだ。

「とりあえず必要なのはタンスと……ベッドはクライシスが持ってきてくれたしな……作業用テーブルと事務机みたいなのが欲しいな」

俺がクロムジュニアに拉致(らち)された場所にあった、機密文書の複写も作っておきたいし、机があれば色々と出来ることも広がるし。

あぁ、あとはクーガのベッドも買ってあげたいな。

いつまでも硬い床で寝るのもどうかと思う。魔獣にベッドなんて必要なのかと聞かれたら、そこは……うん、自己満足ということにしておこう。

「お？　ようにーちゃん！　今日は買ってかないのか？」

「あ、これはどうも。では何本かいただいていきますね」

「あいよっ！　いつもありがとな！」

俺が贔屓にしている串焼き屋の屋台のおっちゃんが、俺に気付いたらしく、威勢のいい声が飛んできた。

屋台の垂れ幕には肉が二割増しと書かれており、そのせいもあってか結構な行列が出来ていた。

屋台のおっちゃんに手を振り、列の最後尾へと並ぶ。

串焼きにかけられた香辛料のスパイシーな香りと、秘伝のタレで焼かれた香ばしい香りが鼻腔内をくすぐりお腹の虫が盛大に合唱を始めた。

それを前に並んでいる子供に聞かれたらしく、こちらを振り向いてニッコリといい笑顔をくれた。

おっちゃんの焼くスピードが早いのか列は意外にもスムーズに進み、五分ほど待ったところで俺の番が回ってきた。

「最近みねぇと思ってたんだぜ？　そういやにーちゃん、新作があるんだ！　良かったら買ってってくれよ！」

「なんと。それはいただかなければなりませんね！　五本ください、それとタレ、塩で鳥と羊と牛を五本ずつお願いします！」

「あいよう！　相変わらずよく食ってくれるな！　おっちゃん嬉しいぜ！」

「親方の腕がいいからですよ。この串焼きの味は筆舌に尽くし難いとても素晴らしい味です。むしろこんな素晴らしい味がこの値段でいただけるなんて、夢のようですよ」

「くー！　言ってくれるじゃねぇか！　そこまで言ってくれるのはにーちゃんだけだ！　一本ずつおまけしてやらぁ！」

「ありがとうございます！」

じゅうじゅうと焼かれる串焼きを目の前に、串を手際よく回転させるおっちゃんと雑談で盛り上がっていると、おっちゃんにちょっとした疑問が浮かんだ。

「あの、親方はなぜ路面店を出さないのですか？」

「んん？　そうさなぁ。路面店でどっかり店構えてやるより、あっちへフラフラ、こっちへフラフラと色々行った方が楽しいのさ。簡単に言っちまえば俺の趣味だな！　だっはっは！」

「私としては、毎日同じ場所にいらっしゃってくれればいいのになーと思いますよ？　これは私の我儘（わがまま）だとは思いますけれど」

「にーちゃんくらいだぜ、そんな事言ってくれんのは。だがなぁ如何（いかん）せん俺自身が一箇所に留まれねぇ性格なもんでなぁ！　違う景色を楽しみながら仕事するってのもいいもんだぜ？」

「なるほど。親方は冒険者のような方なのですね」

「うまいこと言うじゃねぇか！　そうだな！　さしずめ俺ぁ串焼きの冒険者って所か！　ほれ、まずは新作だ！」

カラカラと豪気に笑うおっちゃんの顔は本当に楽しそうだった。

熱々の新作が入った袋を受け取り、塩味の袋、そしてタレ味、それぞれを受け取った俺はおっちゃんに別れを告げてその場を去った。

どこかに座って食べようかとも思ったが、行き交う通行人もパンや饅頭、サンドイッチなど思い思いの食べ物を歩きながら食べていたので俺もそれに便乗することにした。

食べ物を持ちながら路面店に入るわけにはいかないので、露天商や行商人のお店を眺めながらてくてくむしゃむしゃと歩き続けた。

商業区画は結構広く、それなりに早足で回ったとしても一日で全てのお店を回ることは不可能だ。それに加えて露天商や行商人も店を出しているのだ、とてもじゃないが全てを回れる気がしない。

「あれ……？　あそこにいるのって」

てくてくと歩くこと約一時間。

露天商達に紛れて、見知った顔が売り子をやっているのが見え、気付かれないようにさりげなく近付いていく。

「寄ってらっしゃい見てらっしゃい！　古今東西から集めた骨董市だぜぇ！　お宝だって眠ってるかも知れねぇ！　お！　そこの爺さん！　この杖なんてどうだい？」

ガラの悪い声を張っているのは誰であろうドンスコイ。

接客を担当し、美しい笑顔を振りまいているのは、トロイの紅一点コブラ。

ビラのようなものを「よろしく！」と言って通行人に手渡しているのは幹部陣。

地面に設置されたノボリには、『骨董、アンティーク、古美術商、古雑貨、古着、ご用命は【シルバリオ】まで』と書いてある。

「あいつら何やってんだ？」

ドンスコイ達の店は案外繁盛しているらしく、ひっきりなしに客が訪れては様々な物を買って行っている。

この街の住人は古い物が好きなのだろうか？

……いや……違うな。

買っていく男性のほとんどがデレデレと鼻の下を伸ばして去っていく。

中には女性や子供の姿もあるが、大半は男性客だ。

青年から老人まで幅広くデレデレとしていた。

それもそのはず。

呼び声を張っているドンスコイを筆頭に、幹部陣もきっちりと身なりを整えちゃんとした服を着ている。

いつもの野暮ったい軽鎧や蛮族が着ていそうな衣服ではない。

もちろんコブラもである。

しかもいつもは薄化粧のコブラがしっかりバッチリメイクをしており、服装もセクシーなものを着ていた。

セクシーと言っても無駄に露出があるわけではなく、コブラの見事なプロポーションを生かした線のはっきり出るタイプの服だった。

太ももまで入ったスリットと、大きく開いた胸元は多くの男性陣を惹きつけるのだろう。

おそらくあれがコブラの本気メイクと勝負服なのだと確信した。

なんと言えば伝わるのだろうか。

妖艶というか、大人のエロスとでも言えばいいのだろうか？　変な厭らしさというのは感じられない。

媚びる訳でもなく、それでいて道ゆく人々を惹きつけては言葉巧みに品物を売っている、彼女には売り子の才能があるのではないかと思うくらいに、見ている数十分の間に、いくつもの品物が売れていた。

「新しく商売始めたのかな？」

「あれ、フィガロ様じゃないですか！」

人混みに紛れ、遠巻きにコブラとドンスコイを眺めていた時、ビラ配りをしていた幹部陣の一人に声をかけられた。

しかも結構大きな声で。

「シーー！」

「えっ!?　す、すみません」

幹部は慌てて自分の口を手で覆い謝ってきたが、何故？　という困惑の色を浮かべていた。

「久しぶり、みんな何してるんだ？」

「お久しぶりです。フィガロ様の計らいにより、領地勤めになったのはいいのですが、警備と言いましても如何せん、あまりやることがなくてですね」

「あー……だよなぁ。そう言えば、クロムさんには連絡したのか？　いい感じにやっていけそう？」

「はい。フィガロ様が倒れられた後、コンタクトを取りましたが、センチュリオン卿はとてもよくしてくれまして、この商売の資本金も、少しだけ援助していただいております」

「援助？」

「あ、いえ！　卿は、土産の礼なので気にしないでくれ、と仰っておりました！　それにこの売物は、我らトロイ独自の経路で仕入れたものです。卿は少しばかりの金銭と、この場所を提供していただいただけですので」

俺の眉根がピクリと動くのを見ると、慌てたように手を振り、狼狽えながら幹部は言った。

別に責めている訳じゃない。

世話になったのなら、俺が出向いてお礼しなければいけない、というだけなのだ。

クロムには、トロイを警備隊にするという話を通したうえで、いずれ彼らを出向かせるとも伝えておいた。

クロムの人柄的に心配はしていなかったけど、うまくやれているようで安心した。

「そっか。どちらにしても、今度ご挨拶に行かなきゃだな」

「申し訳ございません。勝手にこのような」

「大丈夫大丈夫。もう裏の仕事はやってないんだろ？」

「それはもちろんです！　例のアジトも引き払い、シルバームーン領内を巡回中に発見した、集落の廃屋を建て直し中でありまして、いずれはそこを本部にしようかと思っております。仮のアジトとしては、ハインケル様に口を利いていただき、小さな集合住宅を借りて、寝泊まりの場にしております」

「えっ。教会のアジト引き払ったの？　というか、あそこに集落なんてあったんだ？　ま……まぁいいや。突っ込みどころはたくさんあるんだけど、今はそんな話をしている場合じゃないよな……悪いんだけど、コブラとドンスコイに今夜、俺の屋敷に来るように伝えておいてくれ」

領地を与えられてからバタバタし続きで、きちんと領地も見て回れてない。

あまり事を急ぎすぎるのもよくないか……。

きちんと地固めをして、少しずつ先に進めばいいのかも知れない。

「了解です！」

「商売の邪魔してごめんな！　俺はもう少し色々見て回ってくる。それとこれ、良かったら食ってくれ」

串焼きの塩とタレを数本ずつ分けた袋を幹部に渡し、手を振った。

「はい！　ありがとうございます！」

ここで俺が出て行ったら、コブラもドンスコイも商売そっちのけで俺の相手をするだろう。

細かい話は今夜、屋敷でやればいいだろうし、トロイが新たに始めた商売を見てちょっとした考えが浮かんだのでそれもお願いしたいのだ。

しかし一つの事を片付ける前に、別件が舞い込んでくるこの状況をどうにかしたい。いやほんと、切実に。

クロムとの共同事業の話、領地の話、ＳｔＧ傭兵団とトロイの正式雇用、昇級試験、ハンニバルの処遇、機密文書の対応などなど、とても一人で対応出来る量じゃない。

その後は色々な店を回り、細々（ほそぼそ）としたインテリアや食器、机やノートなど実に様々な物を買い込んだ。

品物はまとめて配送業者に任せてあるので、帰りは手ぶらでいい。

気付けばもう空は茜色に染まりかけており、夕市に寄って食材を色々と買い込んだ時にはもう太陽は地平線の彼方(かなた)に沈むところだった。

露天商や行商人達も店じまいを終え、それぞれが皆宿や酒場、ご飯処へと赴いている様子を横目に俺も家路へついた。

◇　◇　◇

「よう。早かったな、お疲れさん」

『おかえりなさいませご主人様』

「ただいま。色々大変でしたけど無事に昇級してきました」

家に帰ると、クライシスがリビングで本を読みながらくつろいでいた。

傍らには飲みかけの紅茶のカップと、カップケーキの残骸(ざんがい)が置いてあった。

無感情な屋敷の出迎えも、随分と久しぶりのように感じられた。

「この後、私の配下が遊びにきますのでよろしくお願いします」

「お？　てことはあのコブラちゃんが来るのか！　やっぱりお前さんは罪な男だなぁ」

「だ、か、ら！　そういうんじゃないんですってば！」

「ムキになる所がまた怪しい……」

本で顔の半分を隠しながら薄目で俺を見るクライシス。

その目には好奇の色がありありと浮かんでいて、本気で言っているのか冗談なのか、分かりづらかった。

これが千年前の英雄の現在の姿なのだから、人間の考えることというのは、いくつになってもあまり変わらないらしい。

「なっ！　もういいです！　私は食事の用意がありますので少しキッチンにこもります。クライシスは食事済んだんですか？」

「うんにゃ。まだだぜ。お前さんが作るならご相伴にあずかりたいねぇ」

「そう言うと思いましたよ。メインは肉になりますよ」

「くー！　いいねぇ！　シメはパスタか？　リゾットか？」

「一応リゾットで考えてます。パスタがいいですか？」

「どちらでも構わん！　あ、クリーム系よりはトマト系にしてくれ！」

「あぁ、はいはい……ちなみにお酒は買ってありませんのであしからず」

夕飯の内容を話しつつ軽いため息を吐いて、市場で買ってきた品物をキッチンに並べていく。

市場では海鮮系があまり手に入らなかったので肉と野菜を主に使っていこうと思っている。

「ほんじゃ俺秘蔵の酒でも振る舞ってやるか！」

クライシスもソファから腰を上げ、腕まくりをしながら意気揚々と地下室へと赴いていった。

彼曰く普段あまり使わない物は地下室に放り込むタチなのだとか。

クライシスは一見酒も飲まなそうに見えるのだが、あれでいてかなりの酒豪なのだ。

森にいた時なんかは、よく紅茶にブランデーを垂らして飲んでおり、うまいうまいと鼻歌を歌っていたくらいだ。

俺も一口もらってみたが、ちょっと口に合わなかったので、それ以降は飲んでいない。

「さて、と……まずは野菜からやっちゃうか」

という事でアルウィン家の生命線、クインクル母様直伝のフィガロクッキングを始めよう。

え？　お前料理できるのかって？

ふふふ。伊達（だて）に十五年間、家に軟禁されていたわけじゃあない。

兄には武術を、姉には学問を叩き込まれていたのだが、実を言うとクインクル母様には料理を叩き込まれていたのだ。

魔法使えないなら料理くらい出来るようになりましょうね、と、とても美しい笑顔で言われたのを覚えている。

料理の基礎から応用、砂漠の国仕込みの調理法や雑学、ハーブの使い方や切り方焼き方など、様々な知識を夕飯の仕度時間にみっちりと叩き込まれたのだ。

森にいた頃はクライシスと交代交代で作っており、結構好評を受けていたのだがランチアに来て以来全く料理をしていなかった。

迷宮のおかげで資金もたっぷり手に入ったし、時間的余裕も今はある。

なのでドンスコイとコブラも来る事だし、久々に腕を振るってみようかと思ったのだ。

雑貨屋で買った無地のエプロンを巻き、手を洗って買ってきた野菜の中の根菜類を取り出して軽く洗っていく。

一応考えている献立としてはサラダ、前菜、揚物、肉、そしてシメのリゾットという内容だ。

水を張り、塩を入れた鍋へ、一口大に切った根菜類をドボドボと入れていき、コンロに火を入れる。

コンロには炎の魔石が組み込まれており、火入れ部にある水晶板に魔力を通せば火がつく仕組みだ。

最初は強火で水を沸かし、次に弱火で火加減を保ち、火を通していく。

その間にサラダで使う干した海藻を水で戻し、葉物を切って水を張ったボウルに入れる。

こうする事で葉物に水気が戻り、シャキッとした歯ざわりになるのだ。

葉物を水にさらし、前菜の下処理に取り掛かる。

草原のバターと呼ばれるカボアードの皮を剥き、サイコロ状にカット。

甘みと酸味のバランスがちょうどいいカピタントマトと、濃厚な乳の味が特徴のツァモレーラチーズも同じくらいの大きさのサイコロ状に切り、三つをボウルに入る。

岩塩、黒胡椒とハーブで味付けしたオイルを回し入れてざっくりと混ぜ合わせてやればいい。

それをインテリアショップで新しく買ったガラス製の器に盛り込む。

これで前菜の一つは完成した。

「うん。久々だけど勘は鈍って無さそう」

味見として一口食べてみたが、かなりの出来だ。

この調子でサクサク作っていってしまおう。


『ご主人様、門前に人がいらっしゃいます』

ある程度料理の仕込みが終わった頃、屋敷が来客を伝えた。

「開けてくれ。客人だ」

『かしこまりました』

ダイニングテーブルには四人分の食器とコップ、テーブル中央には口直しのフルーツが置いてある。

料理自体は前菜まで出来ており、それ以降はその都度作っていく事になるが、数手順で終われるように仕込んであるので準備は万端だ。

エプロンを取り、パタパタと玄関に出向くとドンスコイとコブラの姿があった。

「お疲れ様です旦那ァ！」

「お元気そうでなによりですフィガロ様」

「うん、突然呼び出して悪かった。それと俺が寝込んでる間に色々と動いてくれたみたいでありがとうな」

玄関口で跪(ひざまず)き、頭(こうべ)を垂れる二人に労(ねぎら)いの言葉をかけ上がるように指示する。

「しかしあの幽霊屋敷すら支配下に置くとは……改めてフィガロ様のお力に感服するばかりです」

「話には聞いていやしたが……ここがあの曰く付きの物件たぁ信じらんねぇ」

『ご主人様の慈悲深きお力により私は目覚めました。古き私とは一新しております』

「誰!!」

「頭に声が！　旦那ァこりゃなんですかぃ！」

「あれ？　コブラも知らないのか。その声はこの屋敷の声だよ」

『いかにも。私はこの屋敷そのもの、ご主人様の留守を預かる番人にして管理者』

屋敷の声に戸惑いを隠せない二人だが、屋敷の経緯は話していないので当たり前といえば当たり前だ。

心なしか屋敷も少し高揚しているような気もする。

……気のせいか。

「屋敷が喋るとは……このコブラ、フィガロ様のお力の一端を垣間見ました」

「さすが旦那だぜ！　すげぇ！」

「お兄ちゃんははしゃぎすぎ」

「おう……すまねぇ。だが旦那の前でお兄ちゃんっつーのはちょっと……」

「いいじゃん。もうすでに森の中で一度聞いていているんだし」

「そ、そうですが……こう威厳が……」

ドンスコイが俺とコブラを交互に見ながら頭を掻くが、その顔には隠すような笑顔が浮かんでいた。

ドライゼン王も威厳がどうのと似たような事を言ってたが、やはり大人になると威厳というものが必要になってくるのだろうか？

「まぁまぁ、玄関口で立ち話もなんだし。食事も用意してあるからゆっくりしてけよ」

「飯があるんですかい旦那！」

「お心遣い、感謝いたします」

対極的な反応を見せる二人を一度洗面台に案内し、手を洗わせてからダイニングテーブルへ着席させた。

そわそわしながらもどこか緊張している二人を尻目に、テーブルの上にサラダと前菜を置いていく。

クライシスがしきりにコブラへ話しかけており、それをドンスコイが訝しげな目で見ていた。

側（はた）から見れば二十代後半か三十代前半にしか見えないクライシスだが、妹想いのドンスコイからすれば、妹に馴れ馴れしく話すいけ好かない野郎とでも思われているのだろう。

後で真実を話す予定ではあるが、その時の反応が実に楽しみだ。

「旦那ァ、何笑ってらっしゃるんで？」

「ふふ、ちょっとね。クライシスは俺のお師匠様だから安心していい。コブラに手を出すなんてことはしないよ」

「な！　べ、べべ別に俺ぁ、そんなチンケな事を気にするようなタマぁしてねっすよ！」

「もう……お兄ちゃんたら……バカじゃないの」

「バカとか言うな！　旦那の前だぞ！」

「だっはっは！　若いってのはいいもんだねぇ！」

「クライシスも少し大人しくしてください。お酒もあるのではないですか？」

「おう！　今出すから待ってろ！」

テーブルのセッティングが終わり、俺が席に着いたのを皮切りにクライシスが軽く手を振るとテーブルの隅に数本の酒瓶がドドン、と現れた。

「おう……なんでぃ今の……」

「クライシス様は一体……？」

その様子に圧倒されたのか、二人の口がポカーンと開きっぱなしになっている。

クライシス的には実に普通のことなのだが、普通はこんな事は出来ない。

この若作り老人の手は、異次元にでも繋がっているのだろうかと思うほどに普通じゃない。

だがこんな光景を毎日見せ続けられれば、それが日常になる。適応能力と言うやつだろう。

「その話は後にして、とりあえず乾杯しよう」

クライシスが指先で酒瓶を操り、空中に浮いた酒瓶がドンスコイとコブラの手元のグラスへ並々と液体を注いでいく。

呆気にとられている二人の反応が面白いらしく、クライシスもいつにも増して上機嫌だ。

酒瓶を空中でくるくると回し、飛び出た液体すら重力を無視して中を漂っている。

クライシスが軽いデモンストレーションを行なった後、それぞれがグラスを持ち一度席を立つ。

大人三人は酒だが、俺のグラスに入っているのは果実ジュースだ。

いつかこの三人と杯を交わしたいと思いつつ、乾杯の音頭をあげた。

カチンカチンとグラス同士のぶつかる小気味いい音が鳴り、初めての取り合わせの食事会が始まった。

「そういえば以前森で見かけた大きな獣はどちらへ？」

注がれた酒を一口舐めたコブラが、キョロキョロと周囲を見回しながら言った。

クーガの事は俺の従魔だと説明してあるので心配はないのだが、どうやらコブラはクーガを気に入ったらしい。

「クーガは俺の影の中にいるよ。一応二人は客人だからな、抜け毛が気になると思って出してない」

「俺は構いませんぜ旦那！　小汚く生きてきた俺達でさぁ、んなもん気にも留めません」

「そうゆう事ですフィガロ様。よければクーガ様をぜひ私の足元へ」

「あのワンコロは毛並みだけは良いからなぁ！　だっはっは！」

「分かった。じゃ出てこいクーガ」

照明に照らされ背後に伸びる小さな影が盛り上がり、ゆっくりとした歩調で静かに影から出るクーガ。

珍しく尻尾は振られておらず、目付きも少し険しい。

なんだ？　どうしたんだろうか。

『久しいな二人共』

いつもとは違う、少し低めな声を出すクーガ。

のっそりとドンスコイとコブラの背後へ回り、軽く頭を擦り付ける。

「お元気そうで何よりですクーガ様」

「クーガの兄貴はいつ見てもデケェなぁ」

「兄貴？」

ドンスコイの物言いに違和感を覚え、思わず口にしてしまうと、ドンスコイが神妙な顔をしてこちらを向いた。

「ええ。実はですね」

俺が拉致された森の中でのこと。

泣きに泣いたあの後、クーガとお話をした二人は、俺とクーガの関係性を知った。

クーガが俺の第一の配下であることを知ったドンスコイはクーガを兄貴と呼ぶと決めたらしい。

コブラはコブラでクーガの毛並みの良さに心を打たれ、高貴な獣と勘違いしたらしい。

その流れでコブラは様付け、ドンスコイはクーガの弟分となったのだとか。

それにしても、知らない事とはいえ、ドンスコイも魔獣を兄貴分に付けるとは、なかなか大きなバックを得たな。

クライシスとクーガの実態も今日の食事会で全て吐露してしまうつもりだ。

全てを知っていれば何かと把握しやすいだろうし、頼りやすいと思ったからだ。

で、クーガがいつもと違う雰囲気なのは、弟分であるドンスコイと自分を高貴な獣だと勘違いしているコブラの手前、キャラ作りのような意味合いなのだろう。

魔獣というのはここまで頭が回る生き物なのだろうかと疑問を抱くが、どこまでそのキャラが続くのか楽しみだ。

俺からあえて何かを言う必要もないと思うし、本人達が満足ならこのままで問題無いだろう。

「あぁクーガ様の毛並みは何故こんなにも素晴らしいのですか」

「兄貴も一緒に飯食いましょうや！」

『ドンスコイよ、私は貴様の兄貴分の前にマスターの従魔。マスターの指示無くして随伴するなど出来ん。それに私に飲食は不要、その証拠に私の分はない』

コブラがクーガの首元に顔を埋めてモフモフを堪能している間に、そんな会話が交わされた。

クーガに食事は必要ないのだが、お遊び程度で食べる事は出来る。

正直クーガの分は用意していないし、クーガもそれは理解しているようだ。

「いいじゃねぇかワンコロ。コブラちゃんに付いてやったらどうだ」

グラスの酒をぐびぐびと飲みながら、クライシスがいつもの調子でクーガに言った。

少しムッとした顔になったクーガが同じようにいつもの調子で返す。

『老公、ワンコロと呼ぶのはやめていただきたいと何度言えば』

「老公……？　クーガ様、それは一体誰の事ですか？」

「クライシスさん、だったよな。どう見ても兄貴に老公呼ばわりされる見た目じゃねぇと思うんだが」

そんな二人のやりとりに疑問を持ったのか、コブラもドンスコイも怪訝な顔でクーガを見た。

そろそろ話す頃合いだろう。

「その事については俺から話すよ」

「おう、頼んだぜ愛弟子」

『マスターの偉業を話してくださいませ』

状況が呑み込めないドンスコイとコブラを見つめ、俺は自分の生い立ちと過去、このランチアに流れた理由などを一つずつ順序立てて話し始めたのだった。

俺の実家が隣国の重鎮アルウィン家である事、欠陥品の肉体を持って生まれ家族に迷惑をかけていた事、十五になり家を追い出され、クライシスの元に引き取られた事などなど。

ドンスコイとコブラの反応は実に様々で、話している俺としてもその反応が面白く、つい話に熱が入ってしまう。

自分の生い立ちを話すのがこんなにも楽しいのか、と思うほどの熱だった。

この時、クライシスに語り癖のある理由が、少し理解できた気がする。

自分の言葉選び、聞いてくれる側の反応、語っている時のこの独特な空気感、そういった全てを引っくるめて、楽しいと思える。

実家での団欒とも、森の中での生活とも、王宮やクロム邸での食事会とも違う、暖かな空間がここにはあった。

自分語りをするなんて今まで考えたことも無かったが、必要であれば、身の内を晒すのも必要なのだと思った。

父はあまり他人を信用するなと常々言っていたが、ここにいる人達や俺を大事にしてくれた人達は少なくとも信じたい。

アルピナやハインケルもそうだが、受けた恩は返すべきだと思うし、人は一人では生きられない生き物だ。

信用と信頼は別のものだと言う人もいるが、そこの所はまだ理解できない。

言葉では何とでも言えるし、分かった気にはなるが、自分自身に落とし込むにはまだ生きる時間が短すぎるのだろう。

「なんてこった……！」

「フィガロ様も大変だったのですね」

「いやいや、二人の生立ちに比べればそんな」

一通り話し終えるとドンスコイとコブラの二人は神妙な面持ちになってしまった。

しかし俺の中では二人の方が壮絶な人生を歩んでいるると思っているので、それと比べたら俺のことなど些細なものだ。

「ま、いいじゃねぇか。結果オーライだよ」

「適当ですねほんと……」

「いいんだよ適当で。じゃなきゃこの先長い人生やってけねーぞ？」

「千年生きたあなただから適当に出来るんですよ。普通の人間は出来ませんて」

「んな事ぁねーよ」

クライシスは俺の言葉を鼻で笑い飛ばしながらグラスを傾け、ふぅ、と息を吐き出しさらに追加で酒を注いでいく。

そんな千年前の英雄を横目で見ながら話を続ける。

「んな事あるんです。で、だ。ドンスコイとコブラを呼び出したのはちょっとした頼み事をしたいからなんだ」

「え？　あぁはい。お話があると聞いております」

「何でも言ってくだせぇ！　旦那のためなら気にくわねぇ奴の二、三十人ぶっ飛ばしてきますぜ？」

コブラは姿勢を正しキリッとこちらを見つめてくるが、ドンスコイは拳を握り野獣のような獰猛な笑みを浮かべている。

「違う違う、物騒な考えは捨ててくれ」

どうしてこうドンスコイは好戦的なのだろうか。

やはり戦いに明け暮れていた人生だからか？

にしてももう少しこう、あるだろう。

「すいやせん！」

「お兄ちゃんはまずその脳筋をどうにかするべきね」

「つせぇ！」

あぁ、やっぱり妹のコブラからも、ドンスコイは脳筋と見られているんだな。

自分に追加のジュースを注ぎつつ、兄妹のやりとりを見て少し朗らかな気持ちになった。

「トロイは古物商をやり始めたんだろ？」

「はい。古物は仕入れも安く、一見ガラクタに見える品物も、物好きな方が購入されていくので意外に利回りがいいのです」

「長年コツコツと貯め続けたトロイの裏資金で、一旗あげてやりやしたぜ！　他の構成員達もシャバに出られると、意気揚々でしたぜ！」

「そっか。辞めた人員はいるか？」

「いえ、トロイの構成員はフィガロ様の元で働きたいと、満場一致の意見でございました」

さも当たり前だと言わんばかりの微笑をたたえ、ドンスコイと頷き合うコブラ。

俺の予想では何人か抜けるかもしれないと思っていたので、全員残ってくれたのは嬉しい限りだ。皆、日向(ひなた)で生きたい願望があったのだな。

「ならよかった。実はさ、この屋敷は二百年前のものなんだ。屋敷が復活したついでに残された家具もいい感じに元通りになってる。それに加えて地下の倉庫にはかなりの資材が眠ってる。で、トロイにはこの屋敷の不用品を、売り捌いてもらえないかと思ってな」

「それは構いませんが……私どもに鑑定眼はありませんので、正しい値段をつけられるか……」

俺の提案がうまくいけば、元手がかからずにトロイへ利益がもたらされる。

売上はトロイの資金プールに貯めておき、いざという時に動かせるお金が増える。

世の中はお金だけじゃないが、お金というのはあって困るものじゃないと冒険者を始めてつくづく思った。

迷宮探索のおかげでかなりのお金が入ったので当面困ることはないし、事業立ち上げで何かと入り用だとも思うので代金をもらうつもりはない。

「鑑定に関しては大丈夫だ。クロムさんに相談して、いい目利きを連れてこよう」

伯爵であるクロムならば、骨董品やアンティークに関しても必ずツテがあると踏んでいる。

クロムの屋敷にある調度品やクローゼットなども、なかなか年季の入った品物なので、協力してもらおうと考えている。

あの人ならきっと快諾してくれるだろう。

なんせ俺に恩を売れるのだから。

「センチュリオン卿と懇意になるたぁ、さすが旦那だ」

「成り行きだよ成り行き。向こうにも色々思惑はあるだろうし、凄い事じゃない。貴族間ではよくある事だよ」

「はぁ……そうですかい」

「協力関係を築き、持ちつ持たれつになってどちらも後ろ盾を得る。晩餐会に無駄なパーティ、胡麻擂りに軋轢、婿養子だ血縁だのと、貴族は手広くやるよなぁ」

「クライシス、そういう皮肉は不要だと思いますよ」

一筋縄でいかないのが貴族であり、無償で動く貴族はほとんど皆無と言っていい。

それは父が、母に吐いていた愚痴でよく知っている。

クロムも例には漏れないだろう。

なんせ無償で何かをしてあげる、というのは、多大な恩を売りつけるのと同義だからだ。

困った時は助け合う、という風潮も貴族にはあるが、それは等価交換の範疇の上でのことだ。

身の丈を超えた頼みには、それなりの代価が必要になってくる。

クライシスの言う晩餐会などは貴族同士の腹の探り合いや、威力偵察の意味合いも含まれている。

自らの力や財産を誇示するために格下貴族を招待する事もあるが、それはまた別の話だ。

貴族というのは本当にめんどくさい生き物だと思う。

「へいへい。さーせんね。ま、クロムウェルは腕利きの冒険者だった男だ。お前さんがきっちりやればこすい真似はしねーだろーよ」

「ですね。ていうかクロムさんの事も知っているんですね……もう驚きという言葉を忘れそうですよ」

「俺だからな！　仕方ねーな！　だっはっは！」

豪快に笑い飛ばしてはいるが、この人の昔話などを聞いていると、有名どころで知らない人はいないんじゃないかと思わせるくらいには見聞があり過ぎる。

「はいはい……話を戻すけど、ドンスコイには、ハインケルと連絡を取って欲しいんだ。裏の流通ルートの話も聞きたいし、俺が領地を運営する上で軋轢のないように根回しもしておきたい」

露店や行商をやるにしても、裏社会代表と言っても過言ではないハインケルの手助けがあれば、場所取りや仕入れなども楽に行えるだろうという推測からだ。

コブラは女性だし、ハインケルも男同士の方が何かと話しやすいはず。

何よりコブラに何かあっては良くないしな。

ハインケルが何かするという意味ではなく、ハインケルにたどり着くまでの経過での話だ。

俺が以前ハインケルとコンタクトを取ったあの酒場、随分とガラの悪い連中がいた。

コブラの実力は把握していないので、武闘派組織のボスという肩書きのドンスコイが適任だろう。ドンスコイもそれなりに名前が売れているようだしな。

「俺がですか？　了解ですぜ」

「私は何をすればよろしいでしょう？」

「コブラは今度、俺と一緒に、クロムさんの所へ来て欲しい。俺だけよりコブラがいた方が、話もスムーズに進む」

コブラを連れて行くのは証人としての役割もあるし、品物の取引などは彼女が認知していた方がやりやすい。

言った言わないの問題になるとは思えないが、不測の事態には備えておいたほうが良い。

「は、かしこまりました」

「じゃちょっと肉焼いてくるから、続きは後でな」

話に夢中になりすぎて、テーブルの上の料理は全て無くなってしまっている。

クライシスなんかは口寂しそうにフォークを口に入れてブラブラと遊んでいる。

子供かって。

「「「お願いします！」」」

大の大人三人が、あの程度の量で満足するとも思えなかったが、やはり満たされていないようでキッチンに向かう俺の背中に威勢のいい声が投げられた。

あらかじめ仕込んでおいた肉を焼き終え、手頃な厚さにカットして皿に盛り込んでいく。

調味液に漬け込んでいたので肉も柔らかく、ジューシーに出来た。

切るそばから溢れ出る肉汁が、光を反射してキラキラと輝いているのを見ると、我ながらかなり良い仕上がりになっていると思わざるを得ない。

付け合わせとして、肉の周囲にグリルした野菜をちりばめれば完成だ。

結構大きな（二キロぐらいの塊）肉をカットして焼いたので、足りないことは無いはずだ。

「んほぉ！　めちゃうまいっす、旦那ぁ！」

「フィガロ様はきっと良い旦那様になられますね……ふぅ……」

「んまんま。やっぱ肉には赤だな！　ほれドドスコももっと飲め！」

出した側（そば）から消えて行く肉達のつがいに選ばれたのは、クライシスが買ってきたであろう赤ワイン。

銘柄は分からないが、キュポンと開けられたボトルの口からは、重厚でスパイシーな香りがふんわりと漂（ただよ）ってくる。

ワインは原料となるブドウの種類によって、味や熟成期間、香りや飲み口などがガラッと変わる生きた酒だと、クロムから熱弁を振るわれたのを思い出す。

「俺の名前はドンスコイですぜ、旦那のお師匠さんよ！」

「なんでも良いから飲めほら！」

「あっす！　ウス！　ウス！　あもうそれくらいでいっす！」

若干顔を赤くしたドンスコイのグラスにどっぱどっぱと注がれていく赤黒い液体。

グラスの縁ギリギリまで注がれたワインをドンスコイは慌てて口に運び、すするように飲んでいる。

対してコブラはそこまで酔っている風にも見えず、微笑みを浮かべながら肉とワインを交互に口へ運んでいる。

「あのですね。ハインケルさんの所に行くのは構わねぇんですがね。俺が……トロイが足を洗う前にどうにもきな臭い話が流れてたんです」

「きな臭い、話？」

「へい。ハインケルさん個人ではなく、アジダハーカを含めた裏社会全体の話です」

「詳しく聞かせてくれ」

ここ最近はハインケルと連絡も取っていなかったので、そういった情報にはからっきしだった。

裏社会に長く居たドンスコイがきな臭いというのであれば、気にならないわけがない。

俺は半分身を乗り出しながら続きを待った。

「へい。元々アジダハーカはかなりの速度で大きくなっていった組織なんです。敵対する奴らは力でねじ伏せ、強制的に従わせてきた歴史があります」

「アジダハーカの勢力の影響でデストロイが設立されたんだったたな、確か」

「へい。当時の俺達は自分からハインケルさんに傘下入りを申し出たんですが、中には従うことに不満を持っていた組織も多かったんです。内部抗争なんかもちょこちょこ起きてて、何度か抗争を仲裁しに呼ばれたこともありやした。アジダハーカはハインケルさんと四人の幹部がいやすが、その直下組織として六つの組織がありやす。六つの組織にはさらに下部組織として枝分かれしていくんですが……今は関係ありやせんね」

「つまりハインケルと幹部、直下組織のボス達がアジダハーカの中心ってわけだな？」

「おっしゃる通りで。で、本題はここからです。全容を言ってしまえばアジダハーカが分裂し、派閥争いが激化しているっつーとんでもねー話っすわ」

「分裂、か」

「アンデッド大襲撃事件の折から激化が進んだ、と私は聞き及んでおります。ハインケル様がコルネット様を連れて戻られたあたりですね」

肉をあらかた片付けたコブラがグラスを揺らしながら会話に入ってきた。

人狼たるハインケルが大怪我を負い、伝説のヴァンパイア【コルネット・プリムストーン】に助けられた時のことだろう。

あの時ハインケルは、自分の家でコルネットの身柄を預かると言っていた。

(あれ？　そういえば……祝勝パーティの前にハインケルを訪ねたけど……色々立て込んでてすぐに来れなかったと言っていたような)

今思えば、あの時からすでに内部抗争が始まっていたのか。

一言言ってくれれば良かったのに、と思うが裏社会の問題を持ち出されても当時の俺には何の力になる事も出来なかっただろうし、ハインケルなりの矜持もあったのかもしれない。

「聞いた話では、ハインケル様とコルネット様を中心とする旧アジダハーカ、幹部二人と直下組織一つのニーズヘッグ、幹部一人と直下組織三つのヒュドラ、幹部一人と直下組織二つが、アジダハーカにかつて敵対していた勢力と手を組んだヨルムンガンドの、四つ巴になっているそうです。我らトロイはアジダハーカの下部組織でしたが、フィガロ様をボスとしていたために巻き込まれずに済んだようです。ハインケル様の手回しもおそらくはあったと見られ、そのおかげもあるやも知れません」

「マジかよ……」

「ですがね？　ハインケルさんとコルネットさんの力が強大すぎて、手も足もでねぇっつーんですわ。なのでもっぱら抗争はニーズヘッグ、ヒュドラ、ヨルムンガンドの三つ巴になってますさぁ」

「だがよ。何で分裂しちまったんだ？　それまでは何とか仲良くやってたんだろ？」

会話に入り込めず暇を持て余していたクライシスがここぞとばかりに参戦してきた。

だがクライシスの言う事は一理ある。

なぜこのタイミングで裏社会に混乱が出始めたのだろうか。

「そこがよう分からねーんです。どの組織の言い分もあっちが悪い、こっちが悪いとてんでバラバラなんでさぁ」

「んー……でも絶対に原因はあるはずだよな……」

「ですね。ハインケル様のお力は本物ですし、コルネット様のお力も相当なものと聞き及んでおります。勝算がなければ挑む気にもならないぐらいに、力関係は圧倒的です」

「だよなぁ？　俺もちょっとそれは思ったんだぜ？　旦那はどう思います？」

「俺もそう思う。でも俺達がどうこう出来る問題じゃないし、関わるにしても危険が大きすぎる」

「見捨てるって言うんですかい？」

「見捨てるというか、ハインケルなら大丈夫っていう気持ちが大きいかな」

正直裏社会に対してあまり良い印象はないので、潰し合ってくれるならそれはそれで良い事だと思う。

裏組織があれば犯罪も増えるし、傷付く人が多くなる。

ドライゼン王の政策で路上生活者がいなくなったという話は聞いたことがあるが、さすがにドライゼン王一人で国全体を洗い落とすには無理がある。

ここで俺が下手に動いて状況を引っ掻き回しても、事態が好転するとは思えないし。

「フィガロ様のおっしゃる通り、私達ではお力になることは出来ません。構成員の多さはもちろん、私達はすでに足を洗っているのですから。お兄ちゃんもそこら辺分かってるよね？」

「分かってっけどよ……」

とドンスコイが力なく項垂れる。

「裏社会がそんなに荒れている状況でドンスコイを行かせて大丈夫かな」

「それは大丈夫でさぁ。ハインケルさんのアジトは知ってますし、そんじょそこらの三下に負けるほど俺は弱くねぇんですぜ？」

「俺には秒で負けたけどな」

「旦那に勝てるやつはそうそう居ませんて。ご冗談はよしてくだせぇ」

あはは、と乾いた笑いをあげるドンスコイだがやはり心配なので、こっそりリッチモンドに護衛でも頼もうと思いついたのは内緒だ。

それともクーガを連れて歩かせるか？

そんなこんなで話は色々と進み、肉を食べ終えた後は、シメのリゾットに舌鼓を打ってもらった。

ドンスコイには今晩、クーガを護衛として、ハインケルのアジトへ向かってもらう。

彼に頼んだのは、店を開くためにハインケルの顔が利く場所を紹介してもらうこと、不用品を売り捌けるオークションを教えてもらうこと、そして裏社会の最新情報の提供だ。

できることなら近い内に顔を合わせて話したい、という伝言も頼んだ。

護衛にクーガを付けると言ったら、かなりテンションが上がったようで、鼻息荒く俺の説明を聞いてくれた。

クーガは異論を唱えるかと思ったのだが、案外すんなり了承してくれて、軽い肩透かしを食らった気分だった。

ドンスコイは魔法を使えないので、クーガには魔装具アブソーブの着用を命じた。

クーガの能力が落ちた所で、一般人がクーガに勝てる見込みは無い。

魔法の使えないドンスコイが仮に魔法で襲撃されたとしても、魔装具アブソーブの副次効果により魔法は完全無効化されるので安心だった。

近接戦闘には自信があるというドンスコイの言葉を信じれば、物理的に襲撃されたとしても撥(は)ね除(の)けられるはずだ。


「それじゃあ行って来やす！」

「気をつけてな」

説明を全て終え、食後の休息を挟んだのち、ドンスコイとクーガは早速出発することになった。

「クーガの旦那ァ頼みます！」

『構わない。乗るが良い』

「あざっす！　失礼しゃす！」

ドンスコイが魔装具の鞍(くら)に飛び乗ると、クーガが軽く身を震わせる。

人間が歩くスピードに合わせるより、ドンスコイを乗せて走った方が速いというクーガの提案を採用したわけだが、クーガが俺以外を乗せるとは考えもしなかったので、提案を受けた時は結構驚いた。

『では行くぞ。しっかり掴まっていろよ』

「へい！　おおぉぉほおおおぉぉぉ……！」

ドンスコイが体を固定したのを確認すると、クーガは大きく跳躍して屋根から屋根へと飛び移り、ドンスコイの奇声をなびかせながら、暗闇の中に消えて行った。

「お兄ちゃん大丈夫かな……」

コブラが不安げな表情で、二人が消えて行った虚空を見つめている。

「クーガが付いてるんだ。大丈夫だよ」

「いえ、そういう事ではなく……お兄ちゃんがハインケル様にきちんと説明を行えるかどうか……」

大きなため息と共にコブラから出たのは、身の危険を案じる言葉ではなかった。

「あ、そっち」

「はい。お兄ちゃんは見た目通りあまり頭が良くはないので」

「妹に断言されるって結構悲しいな」

「仕方ありません、本当の事ですので。ですがここからは私の出番ですね」

腰に手を当て、ふんすと何かの気合を入れたコブラが俺に向き直った。

「え？」

「フィガロ様もお年頃ですし、仕方のない事です。私に出来る事を精一杯務めさせていただきます」

「あ、うん？　明日も早いし、後片付けして体流して寝ようか」

「そうですね」

「俺は片付けがあるからコブラが先に入ってくれ。屋敷に言えばすぐに準備してくれるから」

「かしこまりました」

二人で屋敷に戻り、俺はテーブルの上を片付けて洗い物に手を付ける。

かちゃかちゃと食器の擦れる音がダイニングルームに小さく響く。

今日の料理には皆満足してくれたようで、クライシスは食事が終わると早々に部屋へ戻り床についた。

話しながらの食事だったために思いのほか時間がかかり、時刻盤に目をやれば夜中の二十四時を過ぎている。

『ご主人様、お客人のお部屋はどちらへ』

「んー……俺のベッドを使わせてやってくれ。俺はソファで寝るから」

『かしこまりました』

女性をソファで寝かせるなんてことは俺には出来ないし、かと言って客人用のマットレスがあるわけでもない。

ならば俺のベッドを使ってもらえば問題はない。

俺の体格ならばリビングにある大きなソファでも十分寝られる。

「フィガロ様、お待たせいたしました」

「はーい」

バスルームの方からコブラの声が聞こえた。

どうやら終わったらしい。

あくびをかみ殺しながらバスルームへ向かい、衣服を脱いでさっくりと体を洗う。

「フィガロ様、お背中お流しいたします」

頭を洗っている最中、背後の扉越しにコブラの声が聞こえた。

「ひゃぃ⁉　いやいやいや！　いいから！　ちょ、何言ってんにょ⁉」

いきなりとんでもない事を言い出したコブラに戸惑い変な声が出てしまった。

「ですが……」

「ですがも絵画もないから！　いいよ！　それにもう出るし！　先寝てていいから！」

「わ、分かりました……では失礼いたします」

ほんといきなり何言い出すんだ。

びっくりして石鹸が目に入って痛いじゃないかくそう。

じゃぶじゃぶと桶に溜めたお湯で目を洗い流し、頭の石鹸も綺麗に流しバスルームを出る。

ふんわりと香る石鹸の匂いに包まれながら寝巻きに着替え、リビングのソファへ赴いた。

そして俺はそこで衝撃的なモノを見ることになる。

「ちょっと何してんのコブラさん」

「何、とは……？」

体をバスタオルで巻いたままのコブラが、なぜかソファの端っこにちんまりと座っていたのだ。

「コブラは俺のベッドでって屋敷に言われなかった？」

流石(さすが)に直視出来ないので、視線を外しながらキッチンへと向かう。

風呂上がりにはやっぱり果実ジュースだ。

「はい、伝言は受けておりますがその前に、と」

「はぁ……そういうことね……」

氷冷庫の扉を閉め、果実ジュースをコップに注ぎつつどうしたものかと考える。

「違うのですか？　アルピナ様ほどのモノは持っておりませんが、経験はそれなりに……」

視界の端で、バスタオル越しに胸を押し上げているコブラの姿が映る。

これは完全に俺のミスだ。

彼女の経験上、こうなるかもしれないとなぜ予測出来なかったのだろうか。

いや……予測できるわけないじゃん……。

俺にそんなつもりも気持ちも無いのだから……。

「何を勘違いしてるのかは大体分かるけど、そういう意味で泊まっていけと言ったわけじゃないんだ」

「なんですって!!」

背景に雷鳴が轟くような表情でこちらを見るコブラ。

途端に恥ずかしくなったのか、コブラはソファの上で体育座りをして、ますます小さくなってしまった。

「なんですってじゃないよ……」

「うう……きっとこれで私ははしたない女だと思われてしまったあぁ……」

「とりあえず服を着ようか」

「はぃい……」

「服、着ました」

どうやらコブラはソファの裏側にしっかり服を用意していたらしく、ものの数分で着替えは終わった。

「はい。寝る前に驚かすんじゃ無いよほんとに……」

「申し訳ございません……てっきり……」

「別にはしたないとは思わないよ。コブラの経験上夜伽をさせられるとか思ったんだろ?」

「はい……その通りです……」

俺はコブラの正面に座って話しているのだが、コブラは顔を真っ赤にして俯いてしまっている。

経験則は大事だと思うが、俺はまだ十五歳だし、無論そういうことをしたこともない。

……同年代の男がどうだかは知らないけれど。

だがこういう行為は無作為にやるものではないと思っているし、俺にはシャルルという可愛いお嫁さんがいる。

シャルルはああ見えて意外に嫉妬することも分かっているし、何より彼女を裏切りたくはない。

「この際だからはっきり言うけど、今後コブラに夜伽を頼むことはないし、誰々と寝て情報を聞き出してこいとか、そういった夜の営業？　みたいな事をさせるつもりも毛頭無い。分かった？」

「はい。分かりました」

「俺にお年頃とか言ってたのはそういう意味だったんだなと、今気付いたよ。確かにコブラは美人だしプロポーションも抜群だけど、それはコブラの大事な人にだけ捧げてくれ。俺からの頼みだ」

コブラは過去に体を売っていた経緯があるが、それは生きるために必要だった経緯だ。

悪質な貴族に見初(みそ)められ、毎夜毎夜相手をさせられていた事だってある。

きっと話してくれた内容以上に過酷だったはずだ。

トロイの内情を知って、それでも彼女を非難する奴がいたら俺がボコボコにしてやる。

「はい……はい……」

「ちょ、なんで泣くの」

俺が説教じみた話をしていると、なぜかコブラがポロポロと涙を流し始めてしまった。

「申し訳ございません。あまりにも自分が情けなくて……こともあろうにフィガロ様を、過去の男達と同じように考えてしまって……こんなにも施しをしていただいた恩人に……それが悔しくて恥ずかしくて浅はかすぎて……申し訳ございません……」

「いや、そんなに思い詰めないでもいいのに……コブラの過去はどうしようもないけどさ、それで俺が、コブラを見捨てたり蔑んだりするわけないだろ？　コブラなりに考えてくれた事を非難するつもりもない。不覚にもちょっとドキドキしちゃったのは事実だけどな」

「フィガロ様ああ……」

ぐすぐすと泣きべそをかくコブラ。

彼女は彼女で俺に尽くそうと思ってくれたのだ。

その気持ちは嬉しい事だけど、もっと違うベクトルで発揮してもらいたい。

肉体関係を持つのはパートナーだけで十分。いつかコブラにも素敵なパートナーが現れてくれる事を祈るばかりだ。

『ご主人様もなかなか女泣かせなのですね』

「変な茶々入れるな。屋敷のくせにどこでそんな知識つけたんだ」

『内緒でございます』

「大方クライシスとかだろ。ていうかあの人しかない」

屋敷の声が頭に響くが、その裏でクライシスがピースサインをしている光景がおぼろげに浮かんだ。

きっと一人で暇だから、屋敷を話し相手にしてるんだろうな。

「うぐ……はい！　もう大丈夫です！　泣いてません！」

目元を腕でゴシゴシと擦り、上を向いたコブラの顔はいつも通りの表情に戻っていた。

スンスンと鼻をすすってはいるが、確かにもう涙は出ていない。

「分かった分かった。まぁ俺の気持ちは今言った通りだからさ。肝に銘じておいてくれ」

「は！　不肖コブラ、今後とも誠心誠意付き従う事を誓います！」

「硬いなぁ。もう少しフランクにいこうぜ。肩肘張りすぎてると疲れるぞ？」

「善処いたします！」

「ん。じゃ寝よう。俺はこっちで寝る、コブラは俺のベッドでゆっくり休んでくれ」

「ですが」

「これは命令だ。いいな？」

自分がソファで寝ると言い出しそうだったので、あまり言いたくはないが命令という形を取る。

こうすればコブラも従わざるを得ないからだ。

「は！　仰せのままに！　おやすみなさいませ！」

背筋をビシッと伸ばしたと思えば小走りに部屋へ入っていった。

部屋の扉が閉まる音を聞き、俺もようやっと落ち着くことができた。

日陰から日向に出てきたというのに、コブラもドンスコイも未だ過去の生き様が抜けきれない。

もちろん十何年という歳月で培(つちか)われた、考えや挙動がすぐに抜けるとも思っていないが、なるべく早く日向の環境に慣れてほしいものだと思う。

「ふあ……俺も寝よ……灯りを消してくれ」

『かしこまりました。おやすみなさいませご主人様』

「うん……おやすみ……」

屋敷全体の灯りがゆっくりと落ちていき、やがて漆黒(しっこく)に染まる。

瞼の裏でその光景を感じながら睡魔と手を取り、あっという間に眠りへ落ちていった。

明日も忙しくなりそうだ。

◇◇◇

ドンスコイを背に乗せたクーガは、宵闇(よいやみ)の中を駆け抜ける一陣の風となり、ハインケルのアジトへ向かっていた。

「クーガの旦那ァ、俺ぁ思うんですよ。フィガロの旦那みたいな良い人間がいて良いのかって」

『それは私も同感だ。マスターは優し過ぎるところがある』

「でも逆に、フィガロの旦那があぁじゃなけりゃ、俺達は未だに泥をすすってたんですぜ？　感謝してもしきれませんが……その優しさのせいで、フィガロの旦那がつらい目に遭わなけりゃ良いんですがねぇ」

『マスターは非常に頭の切れる御仁だ。そのような凡愚(ぼんぐ)の過(あやま)ちは犯すまい』

「そうでやすね！　もしフィガロの旦那を困らせる奴がいたら、俺がぶっ飛ばしてやりまさぁ！」

『ふむ。その時はぜひ私も仲間に入れて欲しいものだな』

「あっはっは！　クーガの旦那が出たら死んじまいますよ！」

『ふふ、違いないな』

実に不思議な組み合わせだが案外ウマがあうのだろう。

一人と一匹の笑い声が闇に溶け、目指す目的地近くへ差し掛かった時のことだった。

ドンスコイの言う、ハインケルがアジトにしている場所は市街地を抜けた先――山間部にひっそりと佇(たたず)む洋館である。

木々に囲まれた空間は一寸先も見えない暗闇なのだが、魔獣であるクーガにとってはさほど問題にならない。

ドンスコイは魔法を使えないが、秘蔵の暗視魔導技巧を装着しているので同じく問題にはならない。

「クーガの旦那」

『あぁ。居るな』

洋館の一階部分には灯りが灯っており、そこに人がいるのは明白である。

だが、それとは別に、暗闇の中でチラチラと松明の灯りが揺らめいているのだ。

その数は多く、ざっと数えても五十はあるだろう。

「どうしますかい」

『私が行っても良いのだが、敵ではないかもしれない。ここは一先ず屋上から侵入し人狼殿と落ち合うことが先決ではないだろうか』

「じゃあそれでいきやしょう！」

『うむ』

クーガは木々の上を器用に跳躍し、眼下に広がる灯りを飛び越えて洋館の屋上にたどり着いた。

全長二メートルを超す巨体がここまで身軽に動ける事実に驚きながら、ドンスコイはクーガから降り立つ。

尖塔の窓を静かに割り、鍵を開けて侵入するドンスコイ。

クーガはドンスコイの影に入ることで移動の制約を無くしている。

なるべく足音を立てないよう、裸足になり警戒を深めながら尖塔をおりていく。

なんだか侵入者のような気持ちになり、ドンスコイは複雑な気持ちになってしまう。

トロイはアジダハーカの下部組織ではあるが、ドンスコイが直々に傘下申し込みをしたおかげで何かと懇意にしてもらっていた。

ドンスコイは一度だけハインケルと手合わせをしたことがあるが、ハインケルをして「なかなかやる」と太鼓判を押されている実力者でもある。

一般人の十人や二十人がまとめてかかってもドンスコイは難なく打ちのめしてしまうだろう。

怪力と言ってもいいほどの腕力と、人並み外れたスタミナのあるドンスコイだが、潜入や尾行など、頭を使う繊細な仕事にはいささか不向きであった。

巡回をしているアジダハーカの構成員をやり過ごし、ハインケルの自室を目指して進んでいく。

足音がすれば物陰に隠れ、やり過ごす、という行為を何度か繰り返した結果。

「あああああもう！　まどろっこしい！　めんどくせぇなぁ！」

とうとう限界を迎えてしまったのである。

ふん、と荒い鼻息を飛ばして脱いだブーツを履き直すドンスコイ。

こそこそ行動することに苛立ちを感じ、吹っ切れた彼は正面突破という愚策を決行することにしたのだ。

コブラが一緒であればドンスコイをなだめることもでき、潜入もうまくいったのだろうが生憎今はドンスコイの単独行動である。

彼を止める人間が誰もいないのだ。

ドンスコイが出発した時にコブラが心配していたのがこの事態なのだが、当の本人は知る由もない。

「おうあんた！　ハインケルさんはどこだい？」

のっしのっしと通路を歩き出くわした構成員へ真正直に質問するドンスコイだが、構成員の方は突然現れた大男に驚いたようだ。

「だっ！　誰だ貴様は！　どこから入ってきた！」

腰につけていた短剣を抜き、距離を測るように対峙する構成員だったが、ドンスコイは大した驚きも見せず実に堂々としている。

「俺ぁトロイのドンスコイってもんだ。ハインケルさんにちょっと用があってな。邪魔しにきたぜ」

「トロイ……あぁ、十五、六のガキにあっさり負けたっつークソ雑魚(ざこ)かよ！　ハインケル様がてめーみてぇな雑魚に会うわけねぇだろぴゃっ」

トロイの名を聞いた途端侮蔑の眼差しを向けてきた構成員だったが、その言葉は最後まで紡がれることはなかった。

「わーりい、手が滑っちまった……ってもう聞いてねぇか。ペッ」

構成員はドンスコイの拳を顔面にまともに喰らい、白目を剥いて床に倒れている。

倒れている構成員に唾を吐きかけ、ズボンのポケットに手を突っ込んで歩き始めるドンスコイ。

まるで散歩に出掛けるかのような気軽さで口笛すら吹きながらハインケルの自室を探すのであった。

「おいおい……こんな雑魚共がハインケルさんの護衛なのか？　大丈夫なのかよ」

はぁ、と軽いため息を吐いて、ドンスコイが足元に転がる構成員の体を蹴る。

洋館の中を歩き、出会った構成員に道を聞いているのだが、トロイの名を出すたびに蔑みの言葉ばかりが返ってくる。

大体は全部言い終わる前にドンスコイの拳で黙らされてしまうので、彼はいまだにハインケルの部屋にたどり着くことが出来ないでいた。

ドンスコイが歩いてきた道にはワンパンで沈められたアジダハーカの構成員達が点々と転がっている。

気絶から立ち直った者はいないらしく、そのおかげで騒ぎにもなっていないのだが、ドンスコイ的には騒ぎになってくれた方がさっさとハインケルに会えるのでは、と思っていたりもする。

「はぁ……どーっすっか……な！」

頭をボリボリと掻いていたドンスコイが突然身をよじり、何かを避けた。

そしてドンスコイの頬から流れる一筋の血。

浅く切られただけの傷口だが、背後の壁に突き立ったものを見てドンスコイは驚愕する。

「落ち葉……だと……!?」

洋館の外に無尽蔵に落ちている木々の落葉の一枚が、硬い石壁に突き立っていたのだ。

落葉の先端は壁に突き刺さってはいるが、葉全体はしんなりと垂れ下がっている。

咄嗟に避けたが、あの落葉が頬を切り裂いたのかと想像すると意味が分からなくなってくる。

「あなた……何しているの？」

「あ、あんたは！」

廊下の突き当たりには数枚の落葉を手にドンスコイを見つめる一人の少女の姿。

薄暗い廊下に光る少女の瞳は妖しく輝き、口から覗く長い牙は人外であることを表している。

アジダハーカの勢力内に存在する人外は二人、トップであるハインケルと。

「コルネット姐さん！」

「ん……？」

デイウォーカーのヴァンパイア、コルネット・プリムストーンだけだった。

「あなた……確か……ドスコイ？」

「ドンスコイですぜ姐さん！」

「何しにきたの？　それもハインケルの手下を足蹴にして」

訝しげな表情のコルネットに対し、構成員を踏みつけていた足をどかして直立の姿勢をとるドンスコイ。

「や、これにはちょっと事情がありまして……」

喧嘩を売られたから叩きのめした、とは言えず口ごもるドンスコイ。

そんな様子を察したのかは分からないが、深く追及することもせずコルネットは続けた。

「そう。で、要件は？」

「フィガロの旦那からハインケルさんに伝言がありまして」

「あの化物少年ね……いいわ、付いてきて」

「あざっす！　助かりっした！」

紫色のワンピースの裾を翻し、さっさと先に行ってしまうコルネットに慌てたドンスコイがへこへこと付いていく。

薄暗い廊下を抜け、重厚な扉の前にたどり着いたコルネットは扉の前で控えている護衛に合図をして、扉を開かせる。

重い音を鳴らして開いた扉の先にはドンスコイのお目当ての人物が座っており、机に積まれた書類に目を通しているところだった。

「ハインケル、客」

「客だと？」

「お疲れ様です。トロイ代表ドンスコイでさ」

「なんだお前か。どっから入ってきた？　今は厳重警戒中のはずなんだが」

「へい、クーガの旦那に運んでもらいやした」

「フィガロの狼か。ならば納得だ、で、何の用だ？」

「実はですね……」

射殺されそうな視線を感じながらもドンスコイがフィガロに頼まれた案件を話している最中。

ズズズ、と洋館が揺れた。

続いて複数回の爆発音が轟き、洋館の外が真っ赤に染まっていた。

「チッ……来やがった」

「な！　なんです今のは！　まさか外にいた奴らとなんか関係あるっすか⁉」

「黙ってドッコイセ」

「ドンスコイですぜ姐さん！　ドとコイしかあってませんぜ！」

わたわたと慌てるドンスコイを尻目にハインケルとコルネットが窓の外を見る。

爆音はさらに続き、天井からパラパラとススや埃が落ちてくる。

かなり至近距離で魔法が打ち込まれているらしい、というのはドンスコイにも分かった。

ハインケルとコルネットの表情から、とてもよくない事が起きているのも何となく察することができた。

「クーガの旦那！」

『呼んだか』

ドンスコイの影からのそりと顕現したクーガが両耳をピクピクと動かす。

『どうやら戦闘中のようだな、人狼殿よ』

「まぁな。元気してたか巨狼の」

ハインケルはガルル、と小さく呻いたクーガと視線を交わし、再び窓の外を見る。

「なにこの子、魔獣じゃない。まだ覚醒しきってないみたいだけど……どうしてドッコイが魔獣なんて連れてるの？」

「これはフィガロの旦那の相棒のクーガの旦那でさぁ！　魔獣なんかじゃありませんぜ！　フィガロの旦那と仲良しのクーガの旦那ですぜ！」

「旦那旦那うるさいわね。そう、あの化物少年であれば魔獣を連れていた所であまり驚きもない、か」

コルネットは何かを諦めたように肩を竦め、扉の外にいた護衛に何かを伝えている。

護衛は弾かれたようにその場を離れ、洋館全体が騒がしくなってきたのをドンスコイは感じ取っていた。

「おいコルネット、巡回してる奴らはどうした？　襲撃があったらすぐにここへ来いと厳命しているはずなんだが」

「あぁ……ね」

机の上の書類を乱雑にしまい込みながらハインケルが愚痴のようにこぼした。

コルネットは何か言いたげにドンスコイを見つめるが、当のドンスコイは全く理解していないらしく恥ずかしそうに頭を掻いている。

「あぁ、ねってなんだよ。はっきりしろ」

「ドッコイが倒しちゃった」

「はぁ⁉　おいテメェ！　何しくさっとんじゃボケェ！」

「えぇぇ⁉　俺ですかい⁉」

ハインケルが鬼の形相でドンスコイに掴みかかる。

さすがにヤバイと思ったのか、ドンスコイの表情は硬くなりハインケルの形相に慄いている。

「多分巡回全員やられた」

「てめえええ！　この非常時に何やってんだよ！　敵か？　テメェは敵なのか⁉」

ハインケルに胸ぐらを掴まれガックンガックンと揺さぶられるドンスコイの顔はみるみる青くなっていくが、クーガとコルネットは仲裁に入ろうともせずその様子を呆れたように見守っていた。

この洋館にはハインケルとコルネットの他に、三十人ほどの構成員が詰めており、それらは皆選りすぐりの精鋭と言ってもいい実力者達だった。

その他の構成員は外の警戒と巡回や、街へ下り情報収集や食料調達などの雑務に従事していた。

言ってしまえば今が一番ガードが希薄になる時間帯であり、外に展開しているであろう襲撃者達にとってはとても好都合な時間帯でもあった。

しかも、よりにもよってドンスコイの無遠慮な侵入により精鋭はダウン。

動ける人員は、扉の前にいた護衛二人とハインケル、コルネットの四名だけという悲惨な状況になってしまっていた。

「それにしてもおかしい。なぜガードの薄いこの時間が分かったんだ？　とりあえずドンスコイ、テメェが敵じゃねぇなら加勢しろ。もちろん巨狼もな！」

「へへ……！　あったりまえでさぁ！」

『やるには構わんが……敵はなんなのだ？』

「裏切り者の奴らだよ。どうせ結託して俺を殺せばいいとか思ったんだろ」

「分裂したっていう輩達っすね？」

「そうだ。雑魚が何人来ても俺は負けねぇが……他の構成員は違う。抱き込まれたり闇討ちされたり逃げ出したりで旧アジダハーカの人員は雀の涙なんだよ」

「数少ない戦闘要員をドッコイが倒しちゃった。これで理解した？」

強烈な事実を突きつけられたドンスコイは思わず硬直してしまうが、コルネットはそれを嘲笑うかのように、ドンスコイの頬をペチペチと叩く。

「は、はは……マジですか……やべぇ……」

『あれほどマスターから慎重にやれと言われていたのに……お前は……』

「め……めんぼくねぇ……」

「何でもいいから武器を選べ。ちゃんと防具も着けろよ」

ハインケルが本棚の一部をいじると壁の一部がせり出し、大きな棚のようなものが現れた。

棚には様々な種類の防具や武器がしまわれており、その装備を装着しながらハインケルが続けた。

「敵の数は不明だ。魔法に関してはそっちでどうにかしろ。俺とコルは左翼から出る。お前らは右翼から詰めろ。この建物から円を描くように進め、そうすればいずれ俺達と合流出来るはずだ」

「護衛二人は廊下で寝てる馬鹿達を起こしに行かせたわ。あの子達もそのうち参戦するでしょ」

「分かった。巨狼がいるから大丈夫だとは思うが……巨狼の、やばくなったらドンスコイを連れて逃げろ」

『ふん、この私を見くびらないでもらおうか人狼殿』

「そうだぜ！　クーガの旦那はめっぽう強いんですぜ!?」

「せいぜい期待させてもらうぜ。そんじゃ……いくぜ！」

装備を整えたのであろうハインケルが窓を開け放ちおどり出る。

コルネットも気だるげな顔をしてそれに続く。

外からはいまだに爆音が鳴り響き、魔法の余波により木々は炎に巻かれている。

だがそのおかげで暗闇は消え去り、昼間のような明るさになっている。

『ドンスコイよ。そういえばお前の戦いを見るのは初めてだったな』

「そっすねぇ！　そんじゃこのドンスコイ、クーガの旦那にいいところをお見せしやしょう！」

ハインケルの用意してくれた装備の中から頑強そうなブラストプレートと腰鎧を選び、装着する。

これも違うこれも違う、と数分の吟味を行なったのちドンスコイが選んだ武器はトゲ付きの鉄球が鎖で繋がれた棍棒のようなもの。

所謂（いわゆる）モーニングスターと言われるメイスの一種だ。

数度振り回し重みを確かめたドンスコイはさらにもう一種の武器を手に持った。

短めの柄の先には盾を思わせるほどの大きさの両刃のウォーアックス。

そのサイズは、常人ならば両手で持たなければ振ることも難しいであろう大きさである。

『ほう……だてにでかい図体(ずうたい)をしているわけではないのだな』

「あっしは頭がよくねぇんで、駆け引きとかこまけぇ事が苦手なんでさ。けど力に関しては人よりあるつもりですぜ」

『猪のような男だなお前は。だがその勢いは嫌いではない。魔法は気にするな、私のそばから離れなければ当たることはない。行くぞ！』

「うっす！　よろしくお願いしゃす！」

ハインケル達が飛び出た窓からさらに二つの影が飛び出していく。

ごうごうと燃える木々の熱量に肌をひりつかせつつ、指示通り右翼側に進路を向ける。

途端に魔法の雨が飛んでくるがそれは空中で虚(むな)しく霧散する。

クーガの装着している魔装具アブソーブの効果が発動し、飛んでくる魔法をことごとく無効化していったのだった。

「しゃああ！　いくぜえええ！」

ドンスコイは両手に持った凶器を振りかざし疾駆する。

かつてデストロイ時代、【鬼人】という二つ名で恐れられたドンスコイが再び戦場に舞い戻ったのだった。

「おらおらおらぁ！　死にてぇ奴からかかってこいやああ！」

『なんともまぁ策のない特攻よな……だが……私との距離はきちんと把握しているようだ』

炎風吹きすさぶ戦場にドンスコイの咆哮が響き渡る。

敵の数は不明だが、かなりの人数が洋館周りを取り囲んでいる。

個の強さで及ばないがゆえに、反アジダハーカの勢力は共同戦線を結び、人員の多さにまかせた物量戦を仕掛けてきたのだ。

そんな中をドンスコイが豪快に笑いながら突き進んでいく。

クーガとの距離も付かず離れずの距離を保っており、順調に敵を蹴散らしている。

「くそ！　なんだあいつ！　あんな強いやつがいるなんて聞いてないぞ！」

「あんなデカイ斧を片手で振り回すとか化物か！」

「来るぞ！　やめろ来るなぁ！」

「ぎゃっ！」

「ぐああ！」

「鬼だ！　鬼が巨大なモンスターを連れて出てきやがった!!」

戦々恐々とした悲鳴があちこちから聞こえ、聞こえた先にはドンスコイとクーガの姿があった。

幼い頃から戦闘の矢面に立ち続け、戦いに明け暮れたドンスコイの日々は決して飾りではない。

ウォーアックスを一振りすれば数人の胴体がまとめて切断され、モーニングスターを振り回せば当たった所が爆ぜていく。

敵はドンスコイの強さに圧倒されながらも、数人がかりで襲いかかっていくが、誰一人としてドンスコイに傷を与える事は出来ないでいた。

『くははは！　もっと私を楽しませてくれ！　アォーーン！』

「あのモンスター！　魔法が通用しないだと!?」

「何でモンスターが鎧なんかつけてんだよ！　卑怯じゃねぇか！」

「あんなん勝てっこねぇよぉ！」

戦火の中を悠然と進むクーガには数えきれないほどの魔法が降り注いでいた。

しかしそのことごとくが魔装具により無効化され、無謀にも物理的に攻めてきた者はクーガの爪で容赦なく寸断される。

何度繰り返した所で結果は変わらないと理解した者達はすぐさま撤退を始めるが、そこにドンスコイが苛烈に切り込んでいくため逃げる事すら叶わない。

強襲を行うことで優位に立ったハズの敵達は、ドンスコイとクーガの出現により優位性を完全に失ってしまっていた。

みるみるうちに戦力が減っていく様子はもはや戦いでは無く、ただの蹂躙(じゅうりん)と化している。

累々と積み重なる敵対勢力の遺骸はおびただしく、むせ返りそうに濃い血の匂いがあたりを満たしていた。

「そこまでだ。鬼人」

「あぁ⁉　んっだテメェコラァ！　へぶっ！」

興奮の絶頂にあるドンスコイの顔面が打ち抜かれたのと、その声が聞こえたのはほぼ同時、体勢を崩して派手に転がるドンスコイの奥から姿を現したのは、二人の人間だった。

刃渡り百五十センチはある、ツーハンデッドソードを抜き身に構えた痩躯の男と、二本のトンファーを構え、鋭い視線を向けてくる小柄な男。

ドンスコイはむくりと起き上がりながら二人の男を睨めつけるが、どうにも見た覚えの無い男達だった。

しかし男達はドンスコイの二つ名である鬼人と呼んだ。向こうからすればドンスコイをよく知っているということになる。

限界まで記憶をほじくり返してみるが、途中でやめた。

「誰だテメェら……ちったぁやるようだが」

考えるより聞いた方が早い、という考えに至ったというのもあるが、ただ単純に思い出すのがめんどくさくなっただけとも言える。

『確かに気配は感じなかったな。どこかに潜んでいたのか？　とんだ臆病者よな』

「ふん。たかが獣風情が。人間の真似事とは笑わせてくれるな」

『何だと？　たかが人間風情が良く鳴く……弱い犬ほどキャンキャン鳴くものだぞ？』

二人の男は敵対勢力が雇った最高戦力であり、ハインケルとの戦いのためにと温存しておいた人物達だ。

抜き身のツーハンデッドソードをぶら下げた男が怪しく笑い、クーガに侮蔑の言葉を吐き捨てた。

クーガは目元を僅かに歪ませ、不快の意思表示が思わず浮かんでしまう。

魔獣であるクーガを獣風情と呼び捨てるこの男、自分とクーガの実力差を測りきっての言葉なのか、ただ単に実力差も分からない愚か者なのか。

クーガの中では後者であろうと判断されていた。

もしくは挑発の類であるかもしれないが、これに乗ってしまえば人間如きと同じ土俵にあがってしまう。

そう考えたクーガは咄嗟に挑発を煽りで返したのだった。

「死神の旦那ぁ！　やっちまってください！」

よく見れば二人の男の背後に一人の男が立っており、その男が呼んだ名は死神。

裏社会でも名の通った用心棒であり、コロシの依頼も数多くこなしてきた暗殺者でもあった。

男の標的となって生き残った人物はおらず、付いた二つ名が死神。

顔に生気は無く目元に深く刻まれた隈と、鮫のように並んだ不規則な歯は数本抜け落ちており、見てくれはアンデッドのように不気味である。

それに加え、痩せ細った体と不釣り合いな大きさのツーハンデッドソードが異様さに磨きをかけていた。

『死神、だと？　大層な肩書きを持っているのだな。人間の分際で神気取りとは……愚か』

「くく……そうとも、人間は愚かしい生き物だ。だからこそ人間と言える。だから俺は殺すのさ。愚かな人間の最後は美しい血潮が舞う……その光景を見るのが俺の唯一の楽しみなのさ」

そう言いながらツーハンデッドソードの刀身を愛おしそうに舐め回す死神、その瞳には恍惚と甘美の色が濃く一般的な思考回路とは隔絶されていることをクーガは察した。

「クーガの旦那、そっちはお任せします。俺ぁこっちのちんちくりんを相手しますんで」

死神と相対しているクーガの背後からドンスコイの呟きが風に乗って届く。

ドンスコイはすでに体勢を立て直しており、トンファーを構えた黒ずくめの男に睨みを利かしていた。

「きひひ……元気かァ鬼人。ここであったが百年目だァ……きっちり引導を渡してやるぜェ」

「けっ！　ふざけた真似しやがって、誰だテメェ！　俺を知っているみてぇだが……どっかで会ったか？」

「なんだと……！　俺を覚えてねェってのか！」

「わりぃな。俺ぁ人の顔と名前覚えるの、苦手なんだわ」

ドンスコイの言うことは本当であり、今まで散々に排除してきた敵の顔と名前など覚えているほうが珍しいだろう。

ましてやドンスコイである。覚えてろと言った所で興味のない相手のことなど覚えるわけがないのだ。

「きひ、ひひ！　忘れてんなら思い出させてやるぜ！　棍王と呼ばれる、俺様の絶技でな！」

棍王はかつてシマ荒らしと道場破りの常習だった男であり、その目的は倒されることという至ってシンプルな内容だった。

彼が操る棍棒やトンファー、それに付随した体術の技術は凄まじく、成人男性十人対棍王一人であっても無傷で勝利を収めるほどの実力者だ。

だが戦いを求めるあまり、度重なる暴行事件、傷害事件を引き起こし数多の国を追われる犯罪者と成り下がった。加えて、過度の加虐趣味や、女性を痛めつける性癖を持っていることも、悪評を高める原因となっている。

しかし彼がランチアに流れ着いた時その高い実力と、人を痛めつけることを善とする生き様をある男に買われ、裏社会に入り込んでいった。

「こんおー？　んんん……やっぱだめだ。知らんわ。しのごの言わずに掛かって来やがれ、ドサンピン」

ドンスコイと棍王が初めて戦ったのは数年前、勢いを伸ばしていたデストロイを押さえ付けるため、敵対勢力が構成員を潰し回っていた時のことだった。

「へっへっへ……あの頃の俺様と思うなよ？　後にも先にも俺様が負けたのはテメェだけだ！　テメェを地べたに這い蹲(つくば)らせて、その頭を踏みつける事だけ考えて、鍛錬を重ねてきた！　礼を言うぜェ……テメェのおかげで俺様はさらに強くなったんだからなァ！」

「前置きがナゲェ奴だな。こねぇんなら俺から行くぜ？」

「しゃらくせェ！　死ねやボケェ！」

棍王が地面を蹴り、かなりの前傾姿勢で無防備に構えるドンスコイへ突っ込んでいく。

倒されることを望んだ狂犬はドンスコイに負けを喫したのち、悔しいという気持ちを手に入れた。

負けることがあまりにも無様と感じた棍王はドンスコイに復讐を誓い鍛錬に鍛錬を重ね、人の持つ限界の上へと至ったのだった。

限界を突破した棍王が振るうトンファーの速度は風のうねりを抱き、衝撃波を放つほどのもの。

中身がこのような人格破綻者でなければ世に出て英雄に名を連ねたであろうことは明白だった。

そんな棍王の凶器がドンスコイのがら空きの胴体へ吸い込まれていく。

棍王は自分の振るうトンファーの速度にドンスコイが付いてこられないのだ、勝った、と確信したのだろう。

狂気に歪んだおぞましい笑顔を張り付かせたまま、棍王は宙を舞っていた。

「は？」

何が起きているのか棍王には理解できず、受身も取れずに地面へ叩きつけられ、途端に襲いかかる腹部への痛みが棍王の意識を現実へと引き戻す。

「ちゃんとやれや。以前のテメェとはちげぇんだろ？　知らねぇけどよ」

「ば……ばかな、ばかなばかなばかなあああああ！」

ドンスコイが握っていたウォーアックスは地面に突き立てられており、彼の右手にはモーニングスターの柄が、左手には柄から伸びるトゲ付き鉄球の鎖の先端が握られていた。

だが今、攻撃をしたのはそれではない。前傾姿勢で飛び込んできた棍王の腹を、下から蹴り上げただけの話である。

ただそれだけで、棍王の体は宙を舞い地面に叩きつけられたのだ。

おそらく棍王の脳裏にはトンファーをまともに喰らい、痛みに悶えるドンスコイの姿が浮かび上がっていたことだろう。

確かに今のは全力ではなかった、俺はこんな簡単に撥ね返されるような実力ではないはずだ、と自らを叱咤した。

次は当てる、全力で殺すと気合を入れ、息を整えていく。

棍王のバトルセンスは、歴代の武術家をうならせるほどのキレを誇る。

生半可な攻撃で倒せる相手ではないと、ドンスコイに敗北した時のことを思い出し歯噛みをする。

「わりいなァ、ちっとばかし調子に乗ってたぜ……おかげで目が覚めた！　行くぞオラァ！」

足の裏に全力を込め、初めからトップスピードに乗るように地面を蹴りあげる棍王。

前傾姿勢過ぎず、いつでも回避運動がとれるように体幹を調節する。

モーニングスターの柄とトンファーが激突する小気味のいい音が鳴り、刹那で激突の衝撃波が周囲を舐め回し木々がまとっていた炎を吹き飛ばす。

「いい打ち込みじゃねぇか！　これなら楽しめそうだぜ！」

左側面からもう一本のトンファーが迫り来るが、ドンスコイは足を上げて脹脛(ふくらはぎ)で受け止める。

「ぐっぅうおお！」

戦闘が始まってから初めてドンスコイの顔に苦悶の色が灯った。

いくら頑丈な体だからといっても、巨木をへし折るほどの威力を持つ棍王の攻撃をまともに食らえばかなりのダメージを負うはずだ。

「うそだろ……テメェ足になんか仕込んでんじゃねェだろうなァ！」

「あいにくと……生まれ付きなもんでねぇっ！」

左足を防御に回したまま、ドンスコイが裂帛(れっぱく)の気合と共に跳び上がりもう片方の足を棍王の脇腹めがけて叩き込もうとするが、紙一重でこれを躱した棍王が再び距離を取る。

させじと距離を詰めるドンスコイの鉄球がうなりをあげて棍王に襲い掛かるが、これも紙一重で避け切りすぐさま反撃へと転じる。

距離を取るのが無駄だと察した棍王は、地面を踏みしめ、次々とトンファーの連打を繰り出していく。

連打の一撃は先ほどの打ち込みより軽いものだが、その分高速で打撃を与えつつ相手に反撃のいとまを与えないという目的もあった。

棍王の打撃速度は徐々に速さを増し、ドンスコイも防戦一方へと追いやられてしまう。

「くそ！　ちくちくちくちくして来やがって……」

「そらそらそらそらァ！　さすがは鬼人だぜェ！　俺様の連打をここまで防ぐんだからよォ！」

速度を増していく連打に、さすがのドンスコイも手が回らなくなってきており、体のあちこちにトンファーの打撃痕が赤く刻まれ始めた。

『死神とやら、仲間を助けに行かないでいいのか？　吹き飛ばされたようだぞ？』

「構わないね、あいつは別に仲間じゃない。会ったのも今日が初めてだ」

高々と宙を舞う小柄な男——棍王の姿を目で追いながら、死神は大して興味もなさそうに呟いた。

人間とはそんなものか、と思いながらクーガは死神を見つめる。

そして尻尾をゆらゆらと揺らしながら言った。

『なるほど。ならばこちらも始めようではないか』

「相手が獣のモンスターじゃ運動にもならなそうだが……相手をしてや…、んなっ！」

『どうした？　遊んでくれるのだろ？』

一瞬で距離を詰めたクーガの爪先が死神の頭上で静止している。

死神とクーガの爪の間にはツーハンデッドソードが差し込まれており、その刃と爪がカチャカチャとこすれ合う音を奏でている。

「ふん！　だからどうした！　これぐらいで勝った気になられては困る！」

ガチン！　と大きな音を立てて死神がクーガの爪を弾き飛ばすがすぐさま振り下ろされる爪。

クーガの爪は普段しまい込んでいるから目立つことはないが、使用時には最長で三十センチにもなる。

その一本一本は研ぎ澄まされた短剣のように鋭く、ちょっとした岩石や金属であればたやすく切り裂く事が出来る業物(わざもの)といってもいいレベルなのだ。

だがそれは能力が解放されている時の話であり、魔装具を装着している今の状態では多少切れ味のいい名剣といった程度まで落ちてしまっている。

しかしクーガにとってこれはちょうどいいハンデだと思っていた。

死神だろうがなんだろうが所詮は人間。ウンヴェッターと戦った時のような能力全解放であれば、秒もかからずに消滅させてしまう。

せっかく与えられた戦いの場を楽しむのであればこの制限は実に好都合だと、クーガは内心かなりの上機嫌だった。

能力が十分の一に抑えられているからと言って、弱くなってしまったというわけではない。

魔法を使用することはできないが、数メートルの距離を刹那に詰めることなどクーガにとっては児戯にも等しい行為だ。

『それ、こっちだぞ。ほらほら危ないぞ』

「くっ……！　獣風情がああああ！」

『獣風情に遊ばれる気分はどうなのだ？　実に興味がある』

ギン！　ガギン！　と剣戟に似た音が響くが実際はクーガが片手のみで死神を相手取っている具合である。

詰めた距離から一歩も動かず、おすわりをして爪で切り結んでいるのだ。

死神の顔は脂汗にまみれており必死の形相だがクーガは余裕綽々、あくびを一つして飛びかかってくる死神を弾き飛ばした。

褒めるべきは激しい攻防をしてみせた死神の息が切れていない点だろうか。

「いいだろう。ならば俺の本当の姿をみせてやろう！」

『ほう、形態変化を持っているのか！　待ってやるから早く変わるがいい！』

死神の実力の低さに半ば退屈していたところでもあったクーガは期待に胸を躍らせ、尻尾もゆっさゆっさと大きく振られている。

「ふううぅぅ……ぬん！」

形態変化はじくじくと進み、肌には小さな鱗(うろこ)が浮き上がってくる。

痩せぎすだった体躯は徐々に盛り上がりを見せ、シャープな筋肉があらわになる。

『貴様……亜人か』

「よく分かったな、俺はリザードマンの血を引く混血よ」

『亜人は人間よりも数倍ポテンシャルを秘めていると聞く。その力、存分に振るうがいい』

「言われなくともな！」

顔立ちは目がリザードマン特有の形状になり、顔に小さな鱗が所々浮き出て多少彫りが深くなった程度の変化だが、それは見える範囲でのことだ。

手には水かきが生成されており、死神のまとう気配が数段階上昇したことは明らかだった。

ツーハンデッドソードを握り直した死神が猛然とクーガに切り掛かり、四本の爪と切り結ぶ。

ぎりぎりと押しつ押されつのせめぎ合いが続く中でクーガは軽い高揚感を覚えていた。

『良い、実に良い！　私と力比べが出来るとはリザードマンの血、侮りがたいな！』

「ぬかせ！　だがお前も獣の分際でよくやる！」

ツーハンデッドソードは刀身が巨大ゆえ振りが大振りになり、剣速が遅くなるのがデメリットではあるのだが、死神はそんなことはお構い無しに、間断なく斬撃を繰り出してくる。

大剣の遠心力とリザードマンの筋力を合わせた離れ業の応酬に、さすがのクーガもおすわりをしているわけにはいかなくなり斬撃にあわせて立ち上がる。

四足歩行のクーガではあるが、魔獣であるクーガの反応速度は比類なきものであり少しずつ体をずらしながら死神の斬撃を受け流している。

受け流しているのだが、その姿はまるで玩具であそぶ猫か犬のようであり、分かる人が見ればとても微笑ましい光景に見えただろう。

十分の一の力しか発揮できないとはいえ、元々の地力が違うのだ。

クーガが苦戦を強いられることは皆無であり、この勝負の結末は決まっているようなものである。

すぐに戦いを終わらせない理由はただ一つ、面白いからだ。

亜人の、しかもリザードマンと人間の混血種などなかなかお目にかかれるものではない、そう考えたクーガは相手の力量をすべて見た上で眠らせてやろうと思っていた。

死神は焦っていた。

たかが獣のモンスターと思っていた存在のまとう気配が急激に膨れ上がり、突然頭上から四本の爪が振り下ろされたのだ。

爪の威力は死神の足が地面に軽くめり込むほどで、一瞬で侮りは消え去り認識を改めざるをえなかった。

咄嗟に剣を挟んで攻撃に耐えることが出来たのは奇跡と言っても良かった。

その後も心境の変化を悟られまいと必死に取り繕うが、次々と振り下ろされる爪の脅威には思わず脂汗が噴き出るほどだった。

しかも当の獣は眼前でおすわりをし始め、まるで片手間のように攻撃してくる。

相当な屈辱だったがここまでの実力差があれば仕方がないかもしれない、と死神は自嘲した。

死神は裏社会に属する殺し屋であり、その異名は他国の暗部にまで浸透しているほどの強者なのだが、それは人間界での話なのだ。

そもそもモンスターが人語を解している時点で違和感に気付くべきだったのだ。

薬物や特殊な技術を使用すればモンスターでも多少の人語を話せるようにはなるが、クーガのような流暢さは無く出来ることと言えば単語での意思表示やカタコトでの会話くらいである。

死神は意を決し、この数年間以上使用していなかった亜人形態へと変異したがそれでもなお実力差は歴然であり、越えられない壁として目の前に立ち塞がった。

『ふむ、まぁこんな所だな』

「何の話だ！」

どれぐらいの打ち合いが続いたのだろうか、必死に剣を振るっていた死神にはもはや時間の感覚は無くなっていた。

対するクーガは一度大きく爪を振り、食い下がる死神を弾き飛ばして距離を置いた。

「どうした！　怖じ気付いたのか！」

『はっは！　必死に吠えるな弱き者よ。貴様がもう限界なのは目に見えているぞ？』

「侮られては困るな。たかがモンスター風情……いや、強がるのはもうヤメだ。そもそもお前は何者だ？」

『いいだろう。この世の最後にいと刻むがいい。私の名はクーガ、魔獣ヘルハウンドのクーガよ』

「魔獣、ヘルハウンド……だと？」

その言葉を聞いた瞬間、死神の中で何かが切れた。

勝てるわけがない、と本能が戦いを拒否し始めたのか、フラフラと後ずさる死神に、クーガはさらに言葉を続けた。

『なかなか面白い戦いだったぞ混血よ。だがもう終（しま）いだ、能力を十分の一まで抑えられているがここまで私と戦うとはな。称賛に値する』

「は……はは。それで十分の一だと？　勝てるわけがないじゃないか。だがなぜ、魔獣であるお前が人間に付き従っている」

死神は戦いを捨てるように、手にしていたツーハンデッドソードを手放した。

すぐにでも逃げ出してしまいそうになる自分の心を強制的に抑えつけ、その場にどっかりと腰を下ろした。

すでに死を覚悟している死神は逃げることもせず、抱いた疑問をそのままクーガへとぶつけた。

逃げた所で、一瞬で殺されるのだろうから。

『死にゆく者への手向（たむ）けだ。聞かせてやる。私はただの死にかけたモンスターだった。だが私のマスターにより命を救われた。そしてマスターの力によりこの姿へと変質したのだ』

「ちょっと何言ってるのか分からないが……それが事実ならお前のマスターは人間ではないのだな」

『いかにも。私のマスターは人間にあらず、幼い少年の姿をとってはいるが中身は人間のそれではない。まぁ……正確に言えば私もモンスターではないのだがな』

「どういうことだ」

『言う必要はない。これはマスターにも話していないし、これからも話すことは無いだろう。だがそれでいい、全ては過ぎ去ってしまった過去の幻影よ』

「そうか」

『そうだ』

一瞬の沈黙が一人と一匹の間へ静かにたゆたう。

そしてその沈黙を食い破るように、離れた位置から男の絶叫が響き渡る。

『どうやら貴様の相方が負けそうと見えるが』

「そうらしい」

『そろそろ終いだ。楽しかったぞ混血』

「ふん。吐(ぬ)かせ」

クーガは座り込む死神へゆっくりと歩み、死神は静かに目を閉じた。

サク、サク、と下生えをふみしめる音が妙に鮮明に流れる。

クーガは歩みを止めることもなく死神の隣を過ぎ、ドンスコイが戦っている場へと赴く。

それと合わせるように死神の体がゆっくりと倒れ、音もなく切断された頭部が遅れて胴体から離れていく。

地面に落ちる二つの音と共に流れ出した死神の血が地面を赤く染め、一匹と一人の戦いは終わりを告げた。

クーガが死神を倒した頃、ドンスコイと棍王の戦いも終わりを迎えていた。

最初は手数で圧倒していた棍王であったが、いくら滅多打ちにされようが気にせず向かってくるドンスコイに押されはじめてしまった。

「なぁ、棍王だったか？　確かにお前さんはつえー、技も威力も申し分なしだ。だが俺を殺すにはまだ足りねぇんだよ」

ドンスコイの手から放たれた鉄球が、棍王の腹部めがけて飛来した。

棍王は咄嗟にトンファーをクロスさせて防御するが、全力投球された鉄球は防御すらお構い無しに棍王へ襲いかかる。

「ぐはっ……ぁあ！」

鉄球の衝撃により吹き飛ばされた棍王は、背後にあった大木へ激突し、ずるずると地面に落ちる。

ドンスコイの体中には夥(おびただ)しい数の打撃痕が刻まれており、棍王が繰り出した攻撃の苛烈さが窺える。

だが打撃の衝撃はドンスコイの体内には届かず、ダメージを与えることはついぞなかった。

体中の筋肉は隆起し、彼が呼吸をするたびに鳴動するその様は一つの生き物のようであった。

「くそ……化物が……！」

「俺なんざフィガロの旦那に比べりゃあ赤子みてぇなもんさ。仮にテメェがフィガロの旦那に喧嘩を売ったとしたら……そうだなぁ、秒とかからずに殺されてるだろうぜ。まぁ旦那はあまりコロシが好きじゃねぇようだから、半殺しってとこかねぇ」

「んな……ばかなことが……！」

「あるんだよ。きっと旦那は、人間の皮を被った魔獣か何かだな。じゃなきゃ、あんなべらぼうな強さは説明がつかねぇ。だがコロシは好きじゃあない。俺も今は足を洗ってシャバの人間だがよぉ……今回みてぇに必要とあらば、いつでも裏の顔は出せるようにしてんだ。旦那が殺せねぇ悪党はこの俺が処理する。それはテメェも例外じゃあねぇんだよ」

「ただで取られるほど……棍王の命は安かねぇ……！　まだ、終わってねぇんだよ！」

膝を笑わせながらも必死で立ちあがる棍王を見て、ドンスコイは小さく口笛を吹いた。

ドンスコイが全力で投げた鉄球を、防御したとはいえまともに食らったのだ。普通ならば内臓が破裂し、立つことすらままならないだろう。

しかし棍王は立ち上がり、ふらつきながらも闘志はいまだ衰えていない。

そこをドンスコイは称賛したのだ。

見所のある強さを棍王に感じ取ったが、それでも屠ることに変わりはない。

人の命を奪うことに、もはや抵抗など感じないドンスコイが、彼なりに出した結論がある。

フィガロには実力では遠く及ばないが、修羅の道を歩んできた経験や冷酷さをドンスコイは持っている。

命を狙った敵を見過ごしたり助けたりと、非情になりきれない甘さを持つ自らの主人に対し、必要とあらば自分が命を刈り取る手助けをしよう。

ドンスコイが聞いた話では、国というものは必ず暗部と呼ばれる組織を保有しているという。

また、辺境伯という爵位は、かなりの地位だとコブラから聞いている。

ならばフィガロが保有する領地での暗部、自分はフィガロの影となり、剣となり、そして盾となり命をかけて守ろうと。

陽のあたる華やかな舞台は、コブラや他の構成員が精一杯楽しめばいい、と。

フィガロに降りかかる火の粉を未然に防ぎ、障害を排除し、いざとなればこの頑強すぎる体を盾にすればいい。

それがドンスコイなりの恩義の返し方であり、不器用な男が出した結論だった。

「いいや。もうテメェは終いだ」

「つざけんじゃねぇえええええ！」

絶叫と呼べるほどの大声を出した棍王が大地を蹴り、無防備に立つドンスコイへ瞬時に肉薄するが、棍王の振るったトンファーが届くことはなかった。

特攻してくるだろうと踏んだドンスコイは、いつでも鉄球を投げつけられるよう、待機していた。

地を蹴った棍王はその瞬間に鉄球で頭を吹き飛ばされており、かろうじてたどり着いた肉体も力を失い、そのまま地面へ倒れ伏した。

びくびくと痙攣を続ける棍王の体を尻目に、モーニングスターの柄を引き、大木へめり込んでいる鉄球を引き戻した。

「やれやれ。俺も弱くなったもんだぜ」

『終わったようだなドンスコイ』

「クーガの旦那ァ！　ご無事でしたか！」

地面に突き刺していたウォーアックスを引き抜き、土を払っている所へクーガが歩み寄った。

『なかなか楽しめたぞ。死神とか言っていたが、人間にしてはやるほうだった』

「へぇ……あれが死神だったんすねぇ！　さすがっす旦那！　んじゃハインケルさんと、早い所合流しましょうや！」

上機嫌で話すクーガの胴体を撫でたドンスコイが、勇み足で先に進む。

一匹と一人が歩を進めるその先からは、ひっきりなしに魔法の爆撃音や怒号、悲鳴が風に乗って届いてくる。

ハインケルとコルネットがやられる可能性はゼロだが、あの二人がどのように戦っているのかは、クーガとドンスコイの関心事の一つであった。

「旦那ァ！　向こうにも強いやついやすかね！」

『さぁどうだろうな。人狼殿を追い込むにはそれなりの強さが必要であろうが、彼の傍らにはヴァンパイアがいる。ただの蹂躙にしかならぬのではないか？』

「そっすよねぇ！　コルネット姐さんもえげつない強さっすからねぇ……おまけに姐さんにとっては俺ら人間なんて、餌でしかねぇっすからね……そう考えるとおっそろしいすわ……くわばらくわばら」

『はっは！　ヴァンパイアは不必要に血を吸ったりせんよ。仮に人間一人分の血を吸ったとしたら、半年は食事をとる必要がないからな』

「んな！　マジですかい旦那！　ヴァンパイアって案外燃費いいんっすね」

『あやつらは魔獣とまではいかぬが、体の四分の一は霊質界のものだからな。人間とは構造が根本的に異なるのだ』

「はぁー……旦那は物知りっすねぇ……勉強になりやす」

『そら、噂をすれば見えてきたぞ』

他愛もない話をしながら道を行くクーガとドンスコイの前方で、二匹の人外が暴れ回っていた。

「ぎやあああ！」

「うわああ！」

「来るな来るな来るなあああ！」

阿鼻叫喚が響くそこは、地獄のような惨状だった。

逃げ惑う敵をばったばったと倒していくハインケルとコルネット。

完膚なきまでに叩き潰すつもりなのか、ハインケルは人狼形態へ変化しており、コルネットの背中からは、ヴァンパイア特有のコウモリを思わせる羽が生えていた。

「おお、やってますね！」

『うむ。なかなか楽しそうな嬌声よ』

「こいつぁあっしらが出る幕なさそうですねぇ」

『いいではないか。人狼殿らが徹底的にやるつもりならば、私達も続けばいいだけよ』

「そっすね！　いっちょやっちまいましょう！」

ハインケル達が戦っている場所から百メートルほど先に、クーガは逃走している集団を見つけた。

ドンスコイを背に乗せ、一度の跳躍で逃走集団の眼前へ降り立つ。

「ひ」

先頭の一人が叫び声を上げるよりも早く、クーガの爪が煌めき、一振りで三人分の肉塊が出来上がった。

続けてドンスコイがモーニングスターを振り回し次々と血祭りに上げていく。

おそらく二、三十人はいたであろう逃走集団は、五分もかからず全滅し、息のある者は一人もいなくなった。

『ふむ、南の方にまだいそうだな』

空中で鼻をスンスンと鳴らしたクーガが再び跳躍し、残党がいるであろう方向へと疾駆した。

魔獣の鼻と機動力から逃げられる人間などいるはずがなく、クーガとドンスコイは嵐の突風のような勢いで残存兵力を淘汰し始めた。

「ハインケル、気付いてる？」

「あ？」

「ドスコイと魔獣のおかげで敵の数がかなり減ってること」

「おう、そりゃあな。ドンスコイはともかくあの魔獣にかなう人間なんてそうそういねぇだろ」

「そうよね」

「だからなんだよ」

「別に」

「しっかし……手応えのねぇゴミ共だ。いくら束(たば)になろうが、ゴミはゴミだっつーのを理解できてなかったらしいな」

「それには同意見ね」

戦闘続きだというのにハインケルとコルネットは平然と、何事もないかのように雑談を始める。

横並びになり話しながら山肌を駆け下りる二人だが、手を休めることはなく、目についた獲物の命を片っぱしから奪っていく。

首を落とし、胸を貫き、両断し、ねじ切り、風穴を開け、粉砕し、叩き潰す。

肩で息をする事もなく、疲れた表情を浮かべるわけでもなく、ただ淡々と命を奪っていく二人の姿はどこか洗練されており、無駄な動きが一つも見えない。

命を奪う、ただその一点だけに集約された技術はもはや芸術さながらの美しさだった。

ひとしきり暴れまわったその後ろには生き物の影はなく、累々と積まれた死体の山。

ハインケルとコルネットが蹂躙した命の数は、ゆうに千を超える。

人外である二人にとって、ただの人間を殺すことなど虫を払う程度のことでしかない。

敵側が見誤ったのは、ハインケルが人狼であったという点と、ヴァンパイアであるコルネットの存在。

このたった二つの誤算により、同盟を組んだ敵対組織は、一夜にして壊滅することになった。

ハインケルが人狼であることを知っているのは数少なく、フィガロに関わる数人と森に隠遁していたハインケルの師でもある老人のみだ。

そしてコルネットがハインケルの下に付いたのは極最近のことであり、その正体と存在は秘匿されていた。

アジダハーカから離反した幹部達に何があったのかを知ることは出来ないが、袂を分かった時点で幹部達には負けの一択しかなかったのである。

「ハインケルさーん！」

「おう。首尾はどうだ」

「もういないと思いやすよ！　ねぇ！　クーガの旦那！」

『ああ。この周囲に人間の匂いはしない。もう大丈夫だろう』

「魔獣……！」

ドンスコイの報告を聞き人間の姿へと戻るハインケルとコルネットだが、コルネットはいささかクーガに対し壁を作っているように見えた。

『案ずるな。コウモリを捕食する趣味はない』

「コウモリって言わないでくれる？　背中の羽は変化よ変化。魔獣だって出来るでしょ」

『なんのことだ？』

「は？」

可愛らしく首を傾げながらコルネットを見つめるクーガだが、コルネットは拍子抜けしたような顔になり固まってしまった。

「んな話は後にしてくれ。さっさと拠点に戻るぞ」

「うっす！」

『分かった』

「あ、うん。そうする」

燃え盛っていた木々の炎も弱くなり、徐々に鎮火を始めている。

数時間におよぶ蹂躙は終わり、突発的な抗争は敵対勢力の壊滅という形で幕を閉じた。

今回の襲撃の首謀者は見つけられなかったが、死んだか逃げ延びたか、いずれにせよハインケルはこれを黙っているつもりはなかった。

殺戮(さつりく)した相手の中に見知った顔はいなかったので、おそらくは下部組織をまとめてぶつけてきたのだろうと推測される。

「棍王と死神か……」

「そっす！　あっしとクーガの旦那がぶちのめしました！」

「獲物は？」

「あっ」

「回収してこい！　あと出来れば首もな」

「棍王の首は……弾けちまいやして」

「はぁ……なら、なんか分かるもん剥いでこい」

「了解っす！」

洋館に戻ったドンスコイ達は、他の構成員の戻りを待ったが、ついぞ帰ってくることはなかった。

結局、今回の襲撃を生き残ったのはドンスコイ、クーガ、ハインケル、コルネットだけだった。

これによりアジダハーカの残存兵力は、街へ出ている者達のみとなり、規模だけで言えば零細組織となってしまった。

しかしハインケルに絶望の色は無く、自らに牙を剥いた愚かな者達へ鉄槌を下す機会を眈々(たんたん)と狙う、飢えた獣のような色を瞳に秘めていた。

「色々とすったもんだあったが……ドンスコイの話は分かった。だがなぁ……今の俺に出来る事っつったら、オークションへの手引きと、空き店舗を貸すくれぇなもんだ」

戦闘で血塗(ちまみ)れになった体を綺麗に流した後、ドンスコイとハインケルが本題のまとめを行なっていた。

クーガはコルネットの魔法により乱雑に洗い流され、外された魔装具はドンスコイが綺麗に拭き上げた。

「大丈夫じゃねっすか？　むしろそれが重要な所だとあっしは思いますが」

テーブルに置かれたお茶をすすりながら、ドンスコイはハインケルの言葉を肯定し、視線を軽く握った掌(てのひら)へとうつした。

掌には優先順位が記載された紙切れが握られている。

これは、大事な事を忘れられては困るから、とフィガロが万が一のために用意したカンペであり、出がけの際に手渡されたのだった。

「そうか。なら店舗のほうは少し待ってくれ。準備が整い次第、フィガロの屋敷へ書状を送る。オークションの場所を書いた地図と通行証は持ってけ」

「ありがとうごぜぇます！」

「いいさ。落ち着いたら顔を出すと、フィガロに言っておけ。それとこっちは心配しなくても片をつける。フィガロはやるべき事をやれ、ともな」

「了解っす！」

テーブルの上へ無造作に投げつけられた封筒を手にし、中身を確認したドンスコイが礼を言って立ち上がった。

あとはフィガロの下へ戻り、事の顛末を話せばいいだけだ。

ドンスコイが外に出ると、ちょうど体を乾燥させ終わったクーガが、コルネットの手により魔装具を装着されている所だった。

『終わったか』

「へい！　帰りやしょう！　それじゃあハインケルさん、コルネット姐さん。ここいらで失礼いたしやす」

「おう、あばよ」

「じゃあね」

空と大地の境界にはややうっすらと白味が掛かり始めており、日がだんだんと上がってきている。

洋館の周囲はまるで戦争があったかのように無残な事になっているが、薄く差す朝日に照らされたそれはまるで退廃的な美しさを持つ。

クーガとドンスコイはそんな中をゆっくりと歩いて去って行った。

「さて。この洋館はもうダメだ。市街地にある教会へ行くぞ」

「ダメなの？　大して破損してないけど」

「何が嬉しくて死体の山に囲まれて生活しなきゃなんねぇんだよ。俺ぁ片付けはごめんだぜ」

「私は別に、ハインケルと居られればどこでもいいわ」

「ばっ……バカヤロウ、くせぇこと言ってねぇで支度しろってんだ」

「はぁい」

コルネットはぺろりと舌を出しながら足早に洋館へと戻り、その後をハインケルが追った。

人狼とヴァンパイアという人外コンビは、今回の襲撃事件の首謀者を調べるため、再び市街地へと戻ることになった。

市街地の外れにある、デストロイが拠点にしていた隠れアジトはすでにハインケルへ譲られており、当面はそこへ潜り、情報収集などを行なっていくようである。

この事件をきっかけに数度の争いが起きるのだが、それはまた別のお話。

◇　◇　◇

赤々と燃える木々の中、逃げ惑う複数の人々がいた。

彼、彼女らは何か黒い影に追われており、必死に逃げ、反抗し、抵抗し、男達が挑んでいく。

影は逃げ惑う人々を次々と切り捨て、勇んで挑む男衆を穿ち、磨り潰し、殺戮していく。

女は子供を守りながら振り向かずにただ走る。

どうしてこんな事になった？　何が目的だ？　なぜ無作為に殺す？

地面に近いくらいの高さで人間に並走する存在は憤怒に燃えていた。

だが彼は戦う術を知らなかった。

そもそも戦うという事自体を知らない。

日々を穏やかに過ごし、翌日が来ることが当たり前で、日が昇り、日が沈み、星が瞬き、月光が湖面に降り注ぎ、周りには心優しくも厳しい友達がいて、水が綺麗で、空気が美味しくて、木の実が落ち、たわわな果実が結実し、雨が降り、風が吹く。

「逃げてください。逃げて、生きて、どんな事があっても生き延びて。それが■■■■の■■■達の願いです」

燃え盛り、命が散り、滅びゆく己の世界の中で彼はそんな声を聞いた。


『……夢か……懐かしいな』

抗争の翌日、庭先に横たわっていたクーガはうっすらと瞳を開き、鼻先に止まっていた小鳥と視線を合わせた。

『何故今更、とまでもいかないか。私がマスターと出会う前の話なのだからな……少し昔話をしようか』

クーガがそう呟くと鼻先に止まる小鳥はゆるゆると輪郭を変え、モコモコのお狐様の形を取った。

『あら、クーガの昔話？　聞きたいわね』

『ただの一人語りだ。聞き流してくれてかまわないぞ』

『つれない事言うのね。フィガロには話さないの？』

『マスターに話してどうする、今マスターは手一杯だ。それにわざわざ語るほどの事でもない』

『そう。でもあの人は聞きたいと思っているはずよ』

『……いつか時が来れば話そうと思っている』

『……いつか、か。話の腰を折っちゃったわね。それで？』

『私は……本来デッドリーウルフという種族ではない。元は聖獣と呼ばれていた存在なのだ……今は無き故郷でな』

『へぇ……』

クーガは鼻先から降りて、地面にお座りをするシャルル狐の線のような瞳を見つめ、静かに語りだした。


それは、遠い異国の地で起きた悲しき記憶。

クーガはランチアより遥か彼方、帝国領のほど近くにあるグランシア大森林北部に存在する、獣人の里にて聖獣として生を受けた。

グランシア大森林には数多の獣人が住んでおり、種族は違えど仲良く共生していた。

そして獣人達は祖の血を引くとされる獣――グローリービーストを聖なる存在、聖獣として崇(あが)め信仰していた。

その時代に産まれた聖獣は獣人と共に暮らし、見守り、やがて子を成して生を終える。

クーガもまたそれと変わらず長年の風習、数少ない同種と共に生を終えるはずだった。

獣人に愛され、時には遊び、時には守られる、そんな平和な暮らしが壊れるなどと予想だに出来なかった。

しかしある日のこと、突如飛来した魔法の火炎と数千の帝国軍兵士達により、日常は崩れ去ってしまった。

里の屈強な戦士達は皆力の限り、命果てるまで抵抗を続けたがそれも力及ばず、多勢の帝国兵士達によって獣人の里は壊滅へと追い込まれた。

里の者達は女子供関係なく捕らえられ、命を散らした戦士達の亡骸でさえも帝国兵は回収していった。

そして聖獣たるクーガは、散り散りに逃げ延びた獣人達に連れられ、大きなかがり火の前にいた。

獣人達は所々傷を負い、血にまみれていて疲弊の色が濃く出ていた。

「逃げてください。逃げて、生きて、どんな事があっても生き延びて。それが私達の、獣人達の願いです」

「クゥ～ン……」

「聖獣様、この火の中へお入りください。この炎離転瞬陣(えんりてんしゅんじん)であれば、聖獣様も遠き地へ逃げ延びる事が可能です。あなた様が生きてさえすれば、我らはまた集うことが出来ましょう」

獣人は血に濡れた体でクーガを一度抱きしめ、炎の中へと誘った。

「いたぞ！」

「聖獣様……どうかご無事で」

追手の帝国兵が近づいてくる声と共に、獣人達は空に響く遠吠えを聞いたのだった。

『そんな事があったのね』

『私は遠きこの地へと飛ばされ、十日ほど彷徨(さまよ)い……命尽き欠けていた所をマスターに救ってもらったというわけだ』

『クーガも大変だったのね。でもどうしてデッドリーウルフだなんて嘘を？』

『あえて言う必要も無いと判断したままでの事だ。マスターがそうだというのなら、そういう事にしておいた方が身も隠しやすいかと、な』

『そしたら魔獣になっちゃった、って感じね』

『あぁ。これから先どうなるか全く分からないが、マスターに付いていけば何も問題はないと私は信じている』

『同感。あの人とならお父様の後を、この国を共に守っていけると私も信じてる。もちろんクーガは守護獣ね』

『聖獣であり魔獣であり……守護獣か。悪くないな』

『これからもよろしくね聖魔獣クーガさん』

『うむ。これから先、この命尽きるまでこの国を、シャルル王女を、マスターを守ると誓おう』

屋敷の庭には柔らかな風が流れ、クーガのたっぷりの体毛を揺らす。シャルル狐は小さな手をクーガの鼻先に乗せて数度優しく撫でた。

それはまるで騎士の叙任式のように厳かで、凛とした空気をはらんでいた。

◇　◇　◇

「――それでは行ってきます」

「おう。気を付けろや」

帰宅したドンスコイから諸々の話を聞いた翌日。

俺はいつもよりかっちりとした礼服を着込み、屋敷の玄関に立っていた。

「私には【フライ】がありますので、心配は無用ですよクライシス」

「そっちじゃねぇ。家の話だ」

「はい。分かっています」

「取って食われるこたぁねーだろうがよ」

「はい。行ってきます」

クライシスに挨拶を済ませ、玄関をくぐって庭でくつろいでいるクーガに視線を送る。

クーガはどうやら、小鳥の姿をしたシャルルと話し込んでいるようだった。

俺がどこに向かうかは伝えていないが、後でシャルルの口から伝えてもらおう。

「【フライ】」

音もなく屋敷の上空へと飛び上がり、目的地へと進路を向けて加速した。

俺がこれから向かう場所――それは実家であるアルウィン家の屋敷だ。

アポなどは取っていないけれど、ぶっちゃけ着いてしまえばなんとかなるだろう。

ランチア守護王国の紋章が入った短剣も身に着けているので、身分証替わりにはなるだろう。

眼下に過ぎ去っていくサーベイト大森林に懐かしさを抱きつつ、大して昔ではない家を勘当された時の事を思い出す。

あの時自分は一生出来損ないのまま、森の中でひっそりと生を終えるのだとばかり思っていた。

けれどそうでは無かった。

そして俺には、ずっと疑問に思っていた事がある。なぜこんな森の中に住んでいた老人(クライシス)が俺の里親になったのかという事だ。

考えればおかしな話なのだ。

クライシスは滅多に街へ出かけない。出かけたとしても森近くにある村々だし、本人もあまり森の外へは出なかったと言っていた。

そんな人が父と接点を持つわけがない。

いやもしかしたら、たまたま父が俺の里親を探すため郊外へ出た際に出会って意気投合し、交友を深めたとか？　いやいや、そんなわけがないだろう。

では何故、クライシスは俺の事を知っていて父はクライシスと知り合いだったのか？

俺には窺い知れない別の関係性があったのだとは思うけれど、恐らく父とクライシスは昔から知り合いであった可能性が高い。

知り合いであるならば何故、研究機関などを回り俺の体を調べる前にクライシスの所へ行かなかったのか。

それぱっかりは本人に聞いてみなければ分からない事だろう。

そんな事を考えていると、目の前にヴェイロン皇国都市部を囲む城壁が見えてきた。

そしてそのままアルウィン家近くの路地裏に着地し、身なりを正してから屋敷の門前へと立った俺は門に詰めている警備兵に声を掛けた。

「こんにちは。当主様へお繋ぎいただきたいのですが」

声を掛けた警備兵は俺の知っている顔ではないので新入りなのだろう。俺を見るなりにこやかに微笑んで口を開いた。

「こんにちはボク。アポはある？」

「いえ」

ボクって……。

「そっかぁ、じゃあ難しいかな。当主オベリスク様はお忙しいお方だからね、ご両親からアポイントメントを書状にて申請し」

「ふふぃっ！　フィガロ!?」

「え？」

警備兵がテンプレートの返しをしようとした時、門の向こう側から一人の男性が走り寄ってきた。

「フィガロ様ですよね!?　間違いない！　お元気でしたか！」

「お久しぶりですねプロンプトさん。私は元気ですよ、プロンプトさんもお元気そうで何よりです」

「家を出られたと聞いて使用人一同皆心配しておりましたよ！　いやぁ嬉しいこともあるものです！」

「あはは……まぁ、色々ありまして」

豊かな白髪をポニーテールにまとめ、皺の刻まれた顔に快晴のような笑みが浮かぶこの男性こそアルウィン家お抱えの執事長プロンプトであり、軟禁生活の中とても良くしてくれた好々爺(こうこうや)だった。

「え？　あの、プロンプト様、この子供は？」

「そうか、君はつい最近ここに来たばかりだったな。この方こそ」

「待ってくださいプロンプトさん。ここに来たのはあなたの知っているフィガロではありません。私はオベリスク様より勘当を言い渡された身であり、アルウィン家とは何の関係もございません。今はランチア守護王国辺境伯、フィガロ・シルバームーンとしてオベリスク様との謁見を所望する次第でございます」

プロンプトが警備兵に次の言葉を投げかける前に話を遮り、まくし立てるように俺の立場と要件を伝えると——。

「な……まさかそのような……」

「この子……この方がランチア辺境伯、様ですって……？」

二人共口をあんぐりと開けて驚き、しばらく固まってしまった。

「あの、プロンプトさん？」

「は！　失礼いたしました辺境伯殿。本来であればアポ必須ですが、フィガロ様であれば強引に捩(ね)じ込ませていただきます！　しばしお待ちを！」

「ありがとうございます」

ハッと我に返ったプロンプトは、大急ぎで屋敷の中へと駆けていく。

数分経って戻ってくると、門を開けてくれた。

「どうぞ、中でお待ちください」

「ありがとうございます。突然の訪問で手間取らせてしまい申し訳ございません」

「いえいえ、それにしてもフィガロ様、随分とお顔が凛々しくなりましたな」

「そうでしょうか？」

「はい。それと……お三方がお待ちでございます」

「お三方……？」

「はい。フィガロ様がよくご存知の方々でございます」

プロンプトはそう言って玄関先へと視線を向け、それにつられて俺も玄関先へと目を向けた。するとそこには——。

「あ……ルシウス様……ヴァルキュリア様……それに、クインクル様……！」

勘当された時には家に居らず、まともな挨拶も出来なかったルシウス兄様とヴァルキュリア姉様。別れ際に涙を流してくれたクインクル母様。

三人が俺を微笑みで出迎えてくれた。

アルウィン家から勘当された俺は、もうあの三人を家族と呼べない。

走り出して駆け込みたい気持ちをぐっと抑え込み、一歩一歩玄関へと歩いていき、プロンプトはその後ろをゆっくりとついてくる。

「フィガロ……」

「か……クインクル、様、ご機嫌麗しゅう、ござい、ます」

「元気そうだな」

「剣聖、ルシウス様も、ご、ご健勝な……様子でなに、よりで、ございます」

「ばーか」

「はい……ヴァルキュリア博士は……あい、かわらず、聡明で」

泣くまい。

泣いてどうする。

ココは俺の家じゃあないんだ。

泣くべきではないんだ。

そう思えば思うほどに涙が込み上げてきて、うまく喋れずに言葉がつっかえてしまう。

「何泣いてんだ。辺境伯様よ」

「ほんとね。私達なんかよりずぅうーーっと上の立場のくせに」

「フィガロ……様、男の顔に、なりましたね」

「うっ……くぅ……ふっうぐぅ……」

帰って来た、立場は違えどもここに帰って来た。それを噛み締めるともう溢れ出る涙を止めることは出来ず、涙でぐしゃぐしゃになった顔で三人と対面する。

しかしながら涙を流しているのは俺だけでは無かった。

ルシウス兄様、ヴァルキュリア姉様、クインクル母様の三人も瞳から零れる涙を拭おうともせずボロボロに泣きながら満面の笑みで俺を出迎えてくれた。

「なぁプロンプトさん。時間はまだあるんだろ？」

「はい。オベリスク様との謁見まで後四時間ほど。いやはや、お待たせして申し訳ございませんが、アポ無しだとどうしてもお待たせしてしまうのですよ」

「ありがと、プロンプト。さすがね、仕事が出来るわ」

「お褒めにあずかり恐悦至極にございます」

兄様と姉様からの言葉を返しているプロンプトを見つつ、きっと彼は俺とこの三人との歓談の席を設けてくれたのだと察した。

本当に仕事が出来る人だ。

「さ、上がってくださいな。辺境伯様をこんな所に立たせておくわけにはいきませんものね」

「全くだ」

「母様の言う通りね」

「で、ではお言葉に甘えまして失礼いたします」

母様から差し出された手を握り、引かれるように室内へと入り、かつて団欒（だんらん）をしていたリビングのソファへと座らされた。

俺が出て行った時と何ら変わらない室内は、俺が勘当された事など忘れそうなくらい日常的で、肯定的で、優しさに満ち溢れていた。

「まさかウチを追い出されたお前が隣国で辺境伯になるとはなぁ……大したもんだよ」

「いやまぁ、色々ありまして……はは。あ、ヴァルキュリア様！　ボン……じゃなかった、アルピナさんがよろしくと言ってましたよ」

「え⁉　ピナちゃんに会ったの⁉　うっそー！　世間て狭いのね！　どうだった？　元気してた？」

「ちょお！　近い！　近いですよヴァルキュリア様！」

「何赤くなってんのよーほれほれーこちょこちょーここか？　ここがいいのんか？」

「やっやめっあはっあははは！　くすぐったいですってほんとやめっえひゃひゃひゃ！」

「ほらほらヴァルキュリア、久しぶりに会えて嬉しいのは分かるけど話が進まないわよ」

「はーい」

「ひぃ……ふぅ……助かった……」

「それで？　何があったのか、色々聞かせてくれる？」

「はい、クインクル様。俺は――」

　人数分の紅茶をテーブルに置き、対面のソファへ座った母様の穏やかな視線を浴びつつ、俺は家を出てから今までの事を話していった。クライシスのこと、シャルルとの出会い、アルピナやハインケル、ドンスコイにコブラが率いるトロイのこと、ドライゼン王やリッチモンドのこと、冒険者、そして、クーガのこと。シャルルとの婚約の話、アンデッド大襲撃の話、大悪魔アエーシュマや悪魔将軍カラマーゾフとの戦いの話、冒険者や迷宮での話。話せば話すほどに話題が止まらなくなるのだけど、三人は所々相槌を入れ、それはどういう事なのか、なぜなのか、と色々と突っ込んで話を広げてくれた。

「マナアクセラレーション、ねぇ。しっかし大悪魔や悪魔将軍と殺り合うなんて、成長したじゃないか」

「はい。頑張りました」

「ピナちゃんと会っただけじゃなくて、戦乙女の瞳まで見たなんて奇跡にもほどがあるわよ」

「私もそれは思いました。どんな確率だよって」

「旅立った時はどうなることかと心配してたけど……向こうでいいお友達にたくさん恵まれたみたいね。安心したわ」

「たまたまですよ。クインクル様」

「さて……そろそろ、かな」

随分と話し込んでいて時間が経つのを忘れていたが、ふと思い出して腕の時刻盤に視線を落とした。

針は予定時刻ギリギリを指しており、もうすぐオベリスク父様との謁見が始まる頃だ。

「フィガロ様。オベリスク様がお待ちです」

「はい」

リビングの扉が開き、廊下からプロンプトが俺を呼ぶ。それだけで今までのふんわりとした空気が張り詰めた糸のようにピン、となって俺の体に巻き付いていく。

アルウィン家の者としてではなく、隣国の辺境伯という肩書を背負って俺はここに居るのだ。仮に何か言われたところで反論出来る材料は揃えてある。

「オベリスク様、辺境伯様がお見えです」

「お通ししろ」

プロンプトが静かに扉を開け、俺は父様の書斎へと足を踏み入れた。

綺麗に整頓された壁面いっぱいの書棚、部屋の隅には暖かい今では使用していない暖炉、お香の香りに混じった紙とインクの香り。

勘当された時に感じた厳かな空気。ここもリビングと同じように何も変わっていない。

「初めましてオベリスク様。私はフィガロ、フィガロ・シルバームーンと申します。隣国ランチア守護王国にて辺境伯を拝命している者でございます。この度は突然の訪問に門を開いていただき誠に感謝いたします」

俺は室内に入るなり窓際に立っていた父様へ言葉を投げた。

俺の言葉に一瞬だけ体を強張らせた父様はゆっくりと口を開き、静かに礼をしてくれた。

「……遠路はるばる、ようこそおいでくださいました。どうぞそちらへお掛けください」

「ありがとうございます」

父様にうながされ部屋の中央にある歓談席へ腰を下ろすと、対面に父様も腰を下ろしてきた。

「それで、本日はどのようなご用件でしょう？」

「まずは感謝を」

「……はて、私は卿に感謝されることなど何もしておりませんが」

「はい。これは私の独り言です。聞き流していただいてもかまいませんが……後程いくつか質問をさせていただきたいと思います」

「分かりました」

「ある所に大貴族の次男として生まれた男がいました。彼は体に欠陥を持っており、ほどなくして家を勘当され、絶縁となり、森に住む老人に引き取られました。しかし彼はその後様々な経緯を経てランチア守護王国の辺境伯として迎え入れられました」

「……そうか」

「ここでお聞きしたい事があります。オベリスク卿は、なぜあの老人に少年を引き取らせたのですか？　オベリスク卿と老人に接点がまるで見出せません。それに絶縁ならば何も里親でなく、それこそ孤児院に出すなり捨てるなり処分するなりやりようはいくらでもあったはずです」

「……さすがに勘がいいな」

「はい？」

俺の質問を聞き、若干口調が変わった父様はふと立ち上がり、壁に掛けられている絵画を取り外した。するとそこには小さな金庫が設置されていて、父様は慣れた手つきで金庫を開き、中から古ぼけた革張りの手帳を取り出した。

「フィガロよ」

「は……はい」

唐突に名前を呼ばれ、一瞬体が固まった。今までの他人行儀な声色とは違う、家庭で聞いていた父様の口調だった。

「フィガロ、我らの始祖であるトンプソン様は知っているな？　あの方はお前の事を予見しておられた」

「……は？　何ですって？」

「正確に言えば……トンプソン様と親しい預言者が予見していたそうだ」

再び対面に腰を下ろした父様は、ひどく真剣な表情で手帳をめくりながらそう言った。

俺としては突然出てきたご先祖様、千年前の英雄ギュスターヴ・パトリオットであり、改名してアルウィン家の始祖となった、トンプソン・アルウィンの名前に、困惑を隠しきれなかった。

「ですが！　予見されていたのならなぜ私を色々な機関に連れまわしたのですか？」

「……我々の、私とクインクルの力でどうにかしたかったのだ。大事な息子だ。いくらご先祖様の伝えとはいえ、何も試さず放り投げるなどしたくはなかった」

「え……今、なんて」

「二度は言わん」

「……はい」

父様は一切口調を変えずに淡々と言い切り、視線はずっと手帳に注がれていた。

けど俺は確かに聞いた。大事な息子だ、と。

あぁ、俺は愛されていたのだ、父様も必死で俺の事を考えてくれていたのだ、そう思うとまた目頭が熱くなってくるのが分かる。

「欠陥を持ったその子が産まれるのは私の時代から何年後か、十年、百年、もしかすると千年後かも知れない、この手記を見ている後継者達よ。いざその時になったならば我らの同志クライスラー・ウインテッドボルトに手紙を送るのだ。クライスラーには詳細を伝えてある。この手帳には特別な術式がかけられていて、手帳の紙で書いた手紙は必ずクライスラーの下へ届くようになっている。とここには書かれている」

「なるほど……オベリスク様は何年も何年も、解決策を探してくれていたのですね。そしてとうとう行き詰まりクライスラー様へ手紙を出した」

「そういうことになる。……フィガロよ、不甲斐ない父親ですまなかったな……息子の一人も助けられないで何が父親か。父親ぶることすらおこがましい」

「オベリスク卿……」

父様の視線は変わらず手帳へ向けられていたが、その大きな肩は小刻みに震え、心なしか声色も上ずっているように聞こえた。

今までずっと、父様は俺を不用品だと思っていて冷たく当たっていたのだとばかり思っていたし、由緒ある名家なのだからそう思われても仕方ないとまで思っていた。

けど実際はどうだ。父様は何も出来ない自分自身を責め、父として振る舞うことをやめただけだったようだ。

「不器用な方ですね。仕事ではバリバリなのに」

「クインクルにもよく言われていた。だが私はそういう生き方しか出来ない男だ。私はお前に恨まれても文句は言わない、むしろ恨んでくれとすら思う」

「おかしいですね。家を離れた今だからこそ聞けるオベリスク卿の本心というのも」

「本当にすまなかった」

「私はあなたを恨んでなどいません。欠陥品であったこの身を守り、導いてくれたとしか思っておりません。感謝こそすれどあなたを蔑む道理など微塵もありません」

「そうか。ありがとう」

「いえいえ、こちらこそですよ」

「辺境伯となったか。大したものだ。いつか私と肩を並べて晩餐会に出る日が来るやもしれないな」

「はい、その時はお手柔らかにお願いいたしますね」

「話はそれだけか？」

「積もる話はたくさんありますが、今はこれぐらいにしておきます。私は……欠陥品の息子はこうなりました、とお伝えしたかった」

「そうか。見違えたぞ、本当に、頑張ったのだな」

「はい、頑張りました」

「ではそろそろ時間だ。またお会いしよう、フィガロ卿」

「喜んで、オベリスク卿」

俺と父様はどちらからともなくソファから立ち上がり、自然な流れで固く握手を交わした。俺を見る父様の眼光は鋭く、鷲を思い起こさせる勇猛なもの。

俺もいつかランチアを背負い、こんな目をするようになるのだろうか、いいや、なってみせる。

そう心に決めて、父様の部屋から出てリビングへ戻ると、兄様に姉様、母様が待ってくれていた。

「終わったか」

「はい、ルシウス様」

「お父様もあれで色々と考えていたのよ？」

「はい、よく分かりました。クインクル様も同じですよね、本当にありがとうございます」

「ねぇフィガロ、あなた辺境伯になったんでしょ？　遊びに行ってもいいかしら？」

「構いませんよ、ヴァルキュリア様もルシウス様もクインクル様も皆遊びに来てください」

「やったぁ！　持つべきものは出来損ないの弟ね！」

「ヴァルキュリア様……そこで出来損ないとか言いますか……？　まぁ、事実なので何も言えませんが……」

「もう行くのか？」

「はい。私も色々と忙しい身分になってしまいましたので」

「そうか。元気でな」

「ルシウス様もお体にお気をつけて」

「フィガロ様、時々でよろしいので是非こちらにも足をお運びください。オベリスク様もお喜びになられます」

「もちろんそのつもりです。プロンプトさんにも会いたいですしね」

話を終え、皆と握手をして玄関をくぐる。

勘当された時は母様一人、しかし今は兄様、姉様、プロンプト、母様、そして窓から見える父様の横顔。

わだかまりが無くなった今、俺を縛る心残りは何も無い。

俺は晴れやかな気持ちで門をくぐり、玄関口にいる皆へ手を振り颯爽と歩き出した。

これからいくつもの難題やトラブルが舞い込んでくる事だろう。

しかし俺には力強い人達がついている。

困った時は頼り、頼られ、いずれはランチア守護王国を担っていくことだろう。

何があっても俺は進んで行く。日が昇り、沈み、また昇るように日々一歩ずつ進んで行こう。

この欠陥品の体と、文殊の力で道を切り開いて行こう。

「よし！　行くか！」
俺は【フライ】を発動させ空高く舞い上がり、皆の待つ第二の故郷へと飛び立ったのだった。

――完――

水しか出ない神具【コップ】を授かった僕は、不毛の領地で好きに生きる事にしました
長尾隆生
Nagao Takao
辺境領主の領地再生ファンタジー、開幕！
コップひとつで自由に町作り！
大貴族家に生まれた少年、シアン。彼は順風満帆な人生を送るはずだったが、魔法の力を授かる成人の儀で、水しか出ない役立たずの神具【コップ】を授かってしまう。落ちこぼれの烙印を押されたシアンは、名ばかり領主として辺境の砂漠に追放されたのだった。どん底に落ちたものの、シアンはめげずに不毛の領地の復興を目指す。【コップ】で水を生み出し、枯れたオアシスを蘇らせたことで、領民にも笑顔が戻り始めた。その時、【コップ】が聖杯として覚醒し――!?　シアンは【コップ】をフル活用し、名産品作りに挑戦したり、不思議な魔植物を育てたりして、自由に町を作っていく！
水しか出ない神具【コップ】を授かった僕は、不毛の領地で好きに生きる事にしました
長尾隆生
コップひとつで自由に町作り！
◉定価：本体1200円＋税　◉ISBN 978-4-434-27336-0
◉Illustration：もきゅ

魔力が無いと言われたので独学で最強無双の大賢者になりました！

He was told that he had no magical power, so he learned by himself and became the strongest sage!

雪華慧太
Yukihana Keita

眠れる“劣等魔力(スーパーチート)”で反逆無双!!

最強賢者のダークホースファンタジー！

日本から異世界の公爵家に転生した元数学者の少年・ルオ。五歳の時、魔力が無いという診断を受けた彼は父の怒りを買い、遠い分家に預けられることとなる。肩身の狭い思いをしながらも十五歳となったルオは、独学で研究を重ね「劣等魔力」という新たな力に覚醒。その力を分家の家族に披露し、共にのし上がろうと持ち掛け、見事仲間に引き入れるのだった。その後、ルオは偽の身分を使って都にある士官学校の入学試験に挑戦し、実戦試験で同期の強豪を打ち負かす。そして、ダークホース出現の噂はルオを捨てた実父の耳にも届き、やがて因縁の対決へとつながっていく――

◉定価：本体1200円＋税　◉Illustration：ダイエクスト

◉ISBN 978-4-434-27237-0

スキルは見るだけ簡単入手！

SKILL Ha MiruDake Kantan nyuusyu!

～ローグの冒険譚～

著 夜夢

YORUMU

匠の技も竜のブレスも
見れば完コピ
&レベルカンスト!?

スキル集めて楽々最強ファンタジー！

幼い頃、盗賊団に両親を攫われて以来、一人で生きてきた少年、ローグ。ある日彼は、森で自称神様という不思議な男の子を助ける。半信半疑のローグだったが、お礼に授かった能力が優れ物。なんと相手のスキルを見るだけで、自分のものに（しかも、最大レベルで）出来てしまうのだ。そんな規格外の力を頼りに、ローグは行方不明の両親捜しの旅に出る。当然、平穏無事といくはずもなく……彼の力に注目した世間から、数々の依頼が舞い込んできて――!?

◆定価：本体1200円＋税　◆ISBN 978-4-434-27157-1　◆Illustration：天之有

40歳の真島光流（ましまみつる）は、ある日突然、他数人とともに異世界に召喚された。しかし、ステータスの低い彼は利用価値がないと判断され、追放されてしまう。おまけに、道を歩いているとチンピラに身ぐるみを剥がされる始末。いきなり異世界で路頭に迷う彼だったが、路上生活をしているらしき男、シオンと出会ったことで、少しだけ道が開けた。漁れる残飯、眠れる舗道、そして裏ギルドで受けられる雑用仕事など、生きていく方法を教えてくれたのだ。この底辺から、真島光流改め「ミーツ」は這い上がっていくことにした――

◉定価：本体1200円＋税　◉ISBN 978-4-434-27236-3　◉Illustration：木志田コテツ

この作品に対する皆様のご意見・ご感想をお待ちしております。

おハガキ・お手紙は以下の宛先にお送りください。

【宛先】

〒150-6008東京都渋谷区恵比寿4-20-3恵比寿ガーデンプレイスタワー8F
（株）アルファポリス　書籍感想係

メールフォームでのご意見・ご感想は右のＱＲコードから、
あるいは以下のワードで検索をかけてください。

ご感想はこちらから

本書はWebサイト「アルファポリス」（https://www.alphapolis.co.jp/）に投稿されたものを、改題、改稿、加筆のうえ書籍化したものです。

欠陥品（けっかんひん）の文殊使（もんじゅつか）いは最強（さいきょう）の希少職（きしょうしょく）でした。4

登龍乃月（とりゅうのつき）　著

2020年5月6日初版発行

編集ー宮本剛
編集長ー太田鉄平
発行者ー梶本雄介
発行所ー株式会社アルファポリス
〒150-6008東京都渋谷区恵比寿4-20-3恵比寿ガーデンプレイスタワー8F
TEL 03-6277-1601（営業）03-6277-1602（編集）
URL https://www.alphapolis.co.jp/
発売元ー株式会社星雲社（共同出版社・流通責任出版社）
〒112-0005東京都文京区水道1-3-30
TEL 03-3868-3275
イラストー我美蘭
URL https://www.pixiv.net/member.php?id=2003931
デザインーAFTERGLOW
印刷ー中央精版印刷株式会社

価格はカバーに表示されてあります。

落丁乱丁の場合はアルファポリスまでご連絡ください。

送料は小社負担でお取り替えします。


ISBN978-4-434-27335-3 C0093